這是我兒子→
我很愛我的謙寶
←這是我蠢爹
不讓他愛還能怎樣(一.一)
α
i wanna go home !
episode
02

祁避夏 帥帥的 地球人蠢爹

很有魅力的流行音樂小天王，喜歡各種驚險刺激的極限運動。他由電影童星起家，獲獎無數，卻不慎在少年時期轉型失敗，從此私生活成為演藝圈八卦記者的最愛。自從有了兒子祁謙後，他開始朝光明面積極發展。

CHI BI XIA 祁避夏

CHI CHIAN 祁謙

祁謙 萌萌的 四尾α星人

武力值爆表的外星人。高智商、低情商的他，平時一副面癱無表情的模樣，對人很冷漠，卻總能與祁避夏互相吐槽。他受地球人的動漫文化影響甚深，把毀滅地球掛在嘴邊，讓祁避夏對於他的中二發言感到頭疼。他喜歡除夕，但還不瞭解何謂喜歡與愛。

I come from the other side of the universe.

除夕

CHU XI

除夕 聽穎體貼的小竹馬

個性堅韌勇敢，笑容燦爛，忠犬屬性，略腹黑。由於身分與經歷特殊，造就他攻於算計、長袖善舞、有仇必報。他的眼裡只有祁謙。與祁謙一樣，兩人對於彼此是無限的包容與寵溺，以至於被祁避夏視為搶走兒子的敵人看待。

費爾南多 陽光足球男

性格開朗的老實人，B 洲足球隊的隊長，在球場上活力四射，已是代言費上億的足球先生。他擁有一手好廚藝，靠此征服了祁家父子的胃。偶像是蘇蹴、祁避夏，對於祁避夏的感覺由粉絲進階到愛慕、喜歡。

裴越 情歌搖滾天王

裴爺的二兒子，因性向問題而與裴爺不合；年紀比祁避夏大，但要稱祁避夏為小叔叔。花花公子屬性的他，永遠一副漫不經心的慵懶模樣，與祁避夏臭味相投。與曾經的真愛之間的感情是剪不斷理還亂。

CONTENTS

×月○日 第九篇日記

有尾巴就是賣萌

祁謙還沒有高興夠「一下子就長出來兩條尾巴」這件可喜可賀的事情，就緊接著遭受了接二連三的噩耗洗禮。

噩耗一：祁避夏決定開始嚴格控制他的飲食和作息規律了。

祁謙表示，作息什麼的都還能忍，頂多是壓縮一下看動畫《不是武士，是甜食控》的時間，但開始剋扣他本就不怎麼夠的能量來源，這就不能忍了！

祁謙開始向祁避夏據理力爭。

「我都跟你說過好幾次了，我生病和吃東西沒有關係！」

「不對，我根本就沒病！」

「無論是吃藥還是治療我都已經配合你了，你不能這麼得寸進尺！」

祁謙很少一口氣對祁避夏說這麼多話，足以可見他到底有多麼憤怒。

祁避夏不為所動，耐心回答：「你到底有沒有事，你自己說了可不算，寶貝。」

「難不成你說了算？」祁謙嘲諷回去。

在祁謙「病」好後，他被迫做了全身檢查。順便的，他強烈要求祁避夏也跟著他一起做了一次。檢查結果顯示，祁避夏正處於明顯的亞健康狀態，祁謙可比他好多了。

祁謙當初用自己的尾巴救過祁避夏，其治療效果與遊戲裡的滿血復活是差不多的意思，那一次的救治之後，能把祁避夏的身體機能調整到他這個年齡所能達到的最佳狀態，甚至改善了祁避夏曾經因為吸毒、戒毒而被大大傷害過的身體。在這樣的前提下，祁避夏還能迅速在此後三個月內把自己搞成如今這副模樣，也實在是不容易。

很快，祁謙就知道了祁避夏為什麼能如此迅速的搞壞自己的身體。

阿羅就是那個告密者。

為了每晚都能順利回家陪祁謙，無論當天在哪個城市工作，祁避夏晚上絕對會堅持飛回ＬＶ，無論多晚都是如此堅持著。如果工作沒有完成，第二天祁避夏還要繼續再飛回那個城市。這樣來來回回的當空中飛人，就算是鐵打的身子也承受不住。

最要命的是，祁避夏為了怕祁謙擔心，每次在見到祁謙之前，都要喝一些能在短時間內讓自己看上去顯得精神奕奕的提神飲料，來補充體力。出去趕通告的時候，也必是咖啡不離手，偶爾還會繼續喝那種提神飲料。

是藥三分毒，祁避夏為了保持精神抖擻，簡直是在透支生命。哪怕是世界盃在Ｂ洲看球賽的那一個月，祁避夏也不是完全沒有工作的，只不過他都留在了晚上祁謙睡下以及白天還沒睡醒的時候。

還有，一起陪著祁謙吃那些亂七八糟的高熱量食物，都是近期掏空祁避夏身子的元凶。

當一個人想對另外一個人好的時候，那人背後所付出的自然是常人無法想像的。

甚至是在被阿羅「出賣」後，祁避夏還大大咧咧的笑著對祁謙解釋：「你別聽阿羅詐唬你，他總愛誇大事實，爸爸是因為見到你高興才能永遠活力滿滿的，我怎麼可能會不愛惜自己的身體？」

「是啊，我詐唬你的，為的就是讓你能過上健康的生活，順便也希望你以身作則督促一下你這個蠢爹。所以，接受我的詐唬嗎？」阿羅推了推自己新換的眼鏡，對祁謙問道。

祁謙抱著泰迪熊，面無表情，語氣卻足夠堅定道：「接受！」

然後，祁氏父子就一起過上了水深火熱的「健康」生活。

每天早上七點，父子倆準時起床，穿著同款的運動服，一起在祁避夏特意請來的健身教練和保鏢的保駕護航下，在他們所在的社區裡迎著朝陽慢跑一小時。不在跑步機上跑的原因是為了呼吸新鮮空氣；不在自己家偌大的花園裡跑的原因，則是祁避夏為了向別人秀他們父子每天一換的同款親子裝，連續上了好幾天的報紙。

祁謙十分不滿的看著今天自己短褲後面的恐龍尾巴，問道：「你確定運動服上本來就有這個東西？」

「當然。」祁避夏面不改色。

「那為什麼你沒有？」

「因為爸爸是大人啊，配上不好看的。」

「哦。」

祁謙心裡想著：地球人還真可憐啊，自己長不出尾巴，就酷愛在衣服上設計條尾巴，自欺欺人什麼的，嘖。

祁避夏悄悄把今天小恐龍主題的兒子的照片，發到了微信上——

【我兒子每天都是辣麼可愛！】

不到一分鐘，教會祁避夏給孩子配耳朵、尾巴、鈴鐺這等邪物的大神三木水，就默默的對祁避夏按了個讚。

「這麼早就醒了？」

祁避夏發訊息過去表達了自己的驚悚。天啊，世界末日了嗎？三木水竟然起得這麼早。作家一般不都是中午醒、凌晨睡嗎？說什麼晚上打字有靈感。

其實用常戚戚的話來說不過是懶，拖延症病發，不到最後一刻絕不寫稿。

「是還沒睡！！！(╯`□´)╯┻━┻」

訊息裡三個驚嘆號和後面掀桌的表情已經充分將三木水幽怨的心情詮釋個淋漓盡致。

三木水明顯屬於三次元和二次元反差巨大的那種人。祁避夏總是想像無能，一個高度面癱，在打出類似於「>///<」、「☆(≧∀≦*)ﾉ」這些顏文字時，到底該是個什麼樣的表情？總之是很嚇人就對了，真不知道他的戀人和女兒是怎麼面對他的。

「那你加油，我和兒子去晨跑啦～」

祁避夏則是三次元和二次元保持高度一致的蠢貨，雖然不怎麼用顏文字，卻總能讓人從他的文字裡感受到他要蠢的氣質。

「對了，做完第六期節目，順便讓你兒子在時代把遊戲音配了吧？你幫你兒子提前做好配音訓練了嗎？」

「絕對做了啊，你怎麼能信不過我？你以為我是你那種拖延病晚期嗎？！」

「哦，那就好。晨跑愉快，錄音的時候見。=V=」

祁避夏總覺得他能從三木水最後的一句話裡感受到來自對方的威脅，意思赤裸裸的：你要是敢騙我，好比其實你兒子根本沒做訓練什麼的，那我們就地獄見。

祁避夏是那種怕威脅的人？

是的，他是！因為他確實沒幫兒子做配音訓練。

這倒不是拖延症作祟，而是因為遺忘症。

父子倆一邊慢跑，祁避夏一邊向兒子哭訴：「怎麼辦啊謙寶，爸爸是活不了了，不知道三木水在工作的時候有多恐怖！當年拍《孤兒》的時候，他給爸爸留下了好大、好大的心理創傷。要不你裝病吧，怎麼樣？」

「……什麼病能參加得了節目，卻配不了音？」

「咳嗽！喉嚨痛！」

「在節目裡不說話的嗎？我可假裝不出沙啞的感覺。」

「……」

默默跟在父子倆身邊的健身教練表示：要不是之前簽了保密條款，我絕對要去網路論壇上八卦一番啊！說好的囂張霸道、橫行無忌的陛下呢？你在你兒子面前的兒奴樣原來不是節目裡裝的，而是在現實生活中更加變本加厲嗎？你如今的慫樣，都對不起你過去劣跡斑斑的報導你知道嗎？！

運動過後就是一天的營養早餐了。

祁氏父子的食譜開始了秉承「三低一高」標準的日子，低鹽、低糖、低脂肪、高纖維。有專門的營養師每天根據兩人消耗的熱量調配適合的膳食。總之一句話，看上去就讓人特別沒有食欲。

「你要不要拿尺量一下我應該吃多長的蔬菜？」祁謙怒視著營養師說道。

「事實上，謙少爺，您每頓飯我們都是事先稱好重量的，並且按照一定比例配的蔬菜水果和肉類，所以您必須把它們全部吃完。」

「……」

祁謙覺得他需要和祁避夏好好談談人生：「我想開除那個營養師。」

「為什麼？」

「他讓我不開心。」

「不開心，買包包？」祁避夏最近從微博上學來了這句話。雖然他的微博帳號被助理小錢沒收了，但祁謙的帳號可沒被沒收，基本上都是祁避夏在打理，比小錢還用心，也比他玩自己的帳號時用腦子多了。

祁避夏表示：這可是我兒子的微博，絕對不能讓兒子形象受損！

阿羅意味深長的看了一眼祁避夏，「你假裝你兒子假裝得特別成功。」

祁避夏：「你是說我和我兒子一樣聰明嗎？」

阿羅：「我是說你的情商也就能在幼兒界混了。」

祁謙：「我不要包，我要開除那個什麼也不讓我吃的營養師！」

「他不讓你吃什麼了？」

祁謙每天的飯菜其實是很豐富的，肉類、海鮮、蔬菜、乾果、雜糧一樣都不少，還有飯後甜點和飲料，偶爾還能吃到糖果、小餅乾什麼的，每週也能吃一次漢堡。祁避夏實在是想不到祁謙被禁止吃什麼了。

祁謙想了想，改口道：「與其說他不讓我吃什麼，不如說他逼著我吃什麼！我不愛吃青菜，地球上為什麼會有這樣的大反派存在？！」

剛來地球的時候，此前完全沒吃過自然食物的祁謙其實什麼都吃的，但後來隨著物質水準的提高，也是為了積蓄能量，他開始嫌棄他當初在α星吃都吃不上的綠色蔬菜了。

「小孩子不能挑食喲，挑食長不高。」

「我能長高！」祁謙很堅持，他覺得他說的是實話，現在他多了兩條尾巴，被迫退回幼年體的身高也可以慢慢控制著再長回去了，想多高就能有多高。

「……兒子，我們能不能不總是說這些唯心的話？這是個唯物的世界。」

「說得好像你小時候就什麼都吃似的。」祁謙鄙視的看著祁避夏。

「所以爸爸沒長高啊。」

祁避夏為了能讓兒子健康生活，已經是徹底沒臉沒皮了，哪怕是犧牲自己的身高梗，他也會毫不猶豫的去做。

「……你贏了，英雄。」

噩耗二：祁避夏開始利用白齊娛樂的勢力，潛移默化的降低著網路上因為世界盃而瘋轉起來的「轉祁謙交好運」的說法。

祁避夏覺得這就是大師那天在醫院告訴他的意思，他兒子的好運被太多人「借」去了，為了兒子的健康，他必須遏制這種行為。

遏制某種言論的最佳辦法不是明令禁止，而是裝死、不宣傳、不提起，別人說的時候假裝沒聽到。

很快這股熱情就退了下去，雖然還有，但已經沒有世界盃時那麼瘋狂了。

祁謙好不容易才找到的透過龐大的信念化成精神力進而增長尾巴的捷徑，就這樣被祁避夏毀了。

祁謙表示：祁避夏根本就是猴子派來剋我的吧？

但祁謙也沒有辦法直接跟祁避夏說他需要別人對他的信念，所以除了眼巴巴的看著信念逐漸流失，祁謙一時間還真想不到別的辦法挽回。

幸好他已經恢復了三尾，不再那麼迫切的需要能量尾巴。他暗自安慰自己，像世界盃這種全球盛事，是很難觸發的隱藏任務，即便沒有祁避夏，世界盃一過，那股強大的熱情也會消散，還是老老實實吸收日月精華吧。

日月精華這個說法還是除夕教會祁謙的，他說他積蓄能量的方式很像C國神話故事裡的修士，取天地之靈氣、日月之精華什麼的。

祁謙覺得貼切極了。

噩耗三：裴越搬到祁避夏家裡住。

「你就這麼不歡迎我？」裴越看著對他充滿牴觸情緒的祁謙表示壓力很大，「我還以為你挺喜歡我的呢。」

「如果你能不在我學習的時候在一邊吃什麼雞翅、薯條、巧克力，我會歡迎你的。」

當你好不容易才建立起抵制垃圾食品誘惑的信念時，旁邊卻有個豬隊友在大吃特吃，你覺得你是什麼感受？

裴越在祁謙的敵視排行榜中已經迅速上升，僅次於蔬菜和營養師，是排名第三不喜歡的生物。

「那我的人生該失去多少樂趣啊！」裴越發自真心的感慨道，家裡有個孩子的意義不就是逗他玩嗎？！

祁謙的反應就是繼續跟祁避夏談人生：「營養師就算了，為什麼裴越也在？」

——因為這是我和齊雲軒協議的一部分，用你吸引裴越全部的注意力，在他拿不到你的DNA之前，你就是薛定諤的貓，他一刻不敢肯定，一刻就不會輕舉妄動。

但這個理由祁避夏不能對祁謙說，所以祁避夏說的是：「裴越的家在裝修，如果他不住在我們家，就要去睡大馬路了，我們可憐可憐他好不好？」

「他也像你一樣，窮得只有一棟房子嗎？」

祁避夏都快忘記這個當年為了騙祁謙和他住在一起而編造的囧理由了，但現在也只能硬著頭皮表示：「嗯，爸爸和你裴越哥哥都大手大腳花錢花慣了，根本存不了錢，每個月賺的還不夠還上個月透支的。」

「哦。」

被「窮得只剩下一棟房子」的裴天王在一邊聽得都快糾結死了，他到底要不要為了住在這裡承認這麼丟臉的事情？

於是第六期的《因為我們是一家人》裡出現了裴越的身影，就是他最後的答案。丟臉就丟臉吧，為了他大哥的兒子，他只能豁出去了！

而節目播出後，有網友發文表示——

#官方逼死同人#看了第六期的《家人》才發現，裴天王和陛下的關係竟然是同！居！人！雖然知道他們倆都是名聲在外的渣，可一旦接受了這個設定，還有點莫名的小激動呢。兩代天王一起共同撫養我殿什麼的，激萌啊！

父子一生推：父子年下不可逆不可拆！

作者想不到名字了：PO主選擇性耳聾？裴越是家裡裝修暫住在鄰居祁避夏家，哪裡來的同居？這種天下大同真是有夠噁心的！PO主你這麼腦補裴越和祁避夏，白齊娛樂知道嗎？

裴裴腦纏粉：裴裴一定是攻！殿下那麼聰明一看就是遺傳了裴裴！

我殿嫁我：回覆【父子一生推】以前我也覺得，但是看了第六期之後，覺得陛下和裴天王共同養育殿下的idea也不錯，這樣殿下就是我的啦哈哈哈！

原諒我一生不羈愛殿下：回覆【裴裴腦纏粉】生物老師死得太早了。殿下是陛下的親兒子好嗎？怎麼遺傳裴越的基因？而且殿下智商一六二，薩門會員，裴越算什麼？！

◎◆◎◆◎◆◎

《因為我們是一家人》現在最愛幹的事情就是和粉絲玩躲貓貓的遊戲，在大家紛紛猜測他們接下來會在C國哪個城市錄節目的時候，他們去了B洲圍觀世界盃，等大家擴大範圍猜測國家的時候，他們乾脆直接在LV市錄了一期。

這一期五個孩子不再組隊，各自為營，和爸爸拍攝一天父子相處的「平凡」週六，週日再集合有別的活動。當然，在劇組的刻意安排下，孩子們的這個週六注定「平凡」不了，會面臨不同的問題。

好比祁謙早上晨跑的時候會遇到怎麼叫都叫不醒的裴越。

「錄節目那個週六我因為有工作趕不回去，就拜託借住在我家的好哥們裴越幫忙照顧兒子。我對裴越交代得清清楚楚，謙寶每天早上七點要晨跑，他晚上也答應得好好的，說一定會陪謙寶去跑步，結果……我就知道他根本起不來。」

「謙寶跑步的習慣其實也最近才培養起來的，為了他的健康。」

「我想大部分觀眾都知道在B洲世界盃之後謙寶突然生病住院的消息，很多網友在我的微博下也跟帖表示，正是因為我不會照顧兒子才害得謙寶住院。」

「我必須承認，他們是對的。我在照顧孩子這方面完全是新手，以前從來沒有接觸過小孩，也沒有關注過這方面，因為我以為那是一件離我還很遙遠的事情。謙寶的突然出現打了我一個措手不及，我也是剛開始摸索著學習如何照顧孩子，我以為他想要什麼，給他了，這就是愛。直至謙寶住院我才意識到我錯了，錯得很離譜。有些事情即便孩子不喜歡，也必須逼著他去做，好比吃蔬菜，也好比少吃垃圾食品，更好比健康的作息規律。」

「我真的特別愧疚……在謙寶住院的時候，是我沒能照顧好我兒子，這種感受簡直無法形容。」

「最後在這裡我要替謙寶感謝熱心的網友、觀眾對他的關心和愛護，他以後會更加努力的當一個健康的孩子，不挑食、多運動、早睡早起身體好。也請給我一個機會，相信我會變成一個稱職的好爸爸。」

錄製節目的那天，祁避夏確實是有些新上市的單曲事情要忙，但倒也不是非要那天做不可，只是剛好裴越在，不利用他一下好像都很對不起他住在自己家這麼多天，於是……

無償工作的裴越表示，早晚有天去網路上八卦啊，控訴祁避夏這個欺負他的天王！

睡得很死、怎麼都叫不醒的這個環節是劇組設計的，當然也算是本色演出，裴越這麼多年以來就從沒在早上十點之前起過床。想請裴越上節目的人大多也都知道裴越的這個習慣，而按照裴越的大牌程度，想請他自然要遷就他，所以他一天的工作一直都是從中午開始的。

這一次《因為我們是一家人》絕對是打破了常規，在祁避夏的攛掇下，「坑死隊友，不留戶口」一直是祁避夏這類損友的人生格言。

所有人在翹首以盼祁謙面對怎麼叫都叫不醒的裴越的反應，是索性趁著爸爸不在家，就跟裴越一起偷懶睡覺，還是獨自乖乖出門跑步。

祁謙給出的答案是一桶冷水潑醒裴越。

真的是冷水，裡面特意加了從冰庫裡拿出來的冰塊。

「完全沒想到他會用這種方式叫醒我。」裴越在事後表示，「我覺得我以後肯定會留下心理陰影的……生氣嗎？不，畢竟是我的錯，我答應他早上要陪他去跑步，結果自己卻怎麼都叫不醒。我有時總懷疑祁謙不應該是天蠍座，而是處女座，強迫症什麼的真是三歲看老，你答應他的事情就必須做到，要不他會想辦法讓你做到的。」

劇組後期默默在祁謙潑醒裴越的那段落配上了六個字——小朋友不要學。

慢跑完之後，祁謙還按照劇組提前安排好的去敲響了住在這附近的米蘭達家，福爾斯站在二樓的陽臺上不斷朝祁謙揮著手，大喊：「謙寶，謙寶～」

蘇球王一家就這樣在寂靜的早晨被吵醒了。

但所有人都沒想到的是，福爾斯在確定祁謙聽到他的話後，喊的是：「你小聲一點啊，我爸爸和媽媽還在睡覺。」

眾人：「……」

「當時我都快笑壞了好嗎？以前我沒見過福爾斯，只是聽謙寶跟我提過，對他的印象就是個很貼心的、長了一張很可愛的圓臉小男孩，沒想到還要加上脫線這個屬性。說真的，參加完這期節目之後，連我自己都想趕緊生個孩子了。」

裴越是這麼對著鏡頭說的，但心裡想的則是身為一個 GAY，他本就做好了不要孩子的準備，現在他就更不想要孩子了，因為實在是太瞎胡鬧，好奇心、行動力再加上未成年人保護法，他們就是活祖宗。

之後的活動是看電影。

電影院裡正播放著由三木水同名小說改編的４Ｄ電影——《全宇宙最後一個地球人》，簡稱《地球人》。

戴著特殊眼鏡的祁謙一邊吃爆米花，一邊看得目不轉睛。他是《地球人》動畫版的忠實粉絲，在反覆看了好幾遍之後，又窮極無聊的去補了三木水的原著小說。現在，祁謙終於開始向電影發展了。

《地球人》是今年六月份暑假檔的第一波電影，在Ｃ國上映第一週就創下了十五億的票房奇蹟，打破了此前由西幻類電影《書上說》保持的首週十億的票房記錄。

三木水當初之所以會答應帶女兒蛋糕參加《因為我們是一家人》，也有為了電影提前宣傳的意思在。因為電影的主要投資方包括他的戀人森淼的公司時代遊戲、白氏國際以及白齊娛樂，他表姐常戚戚更是電影的製片人之一。再怎麼不愛出現在媒體鏡頭前，三木水也覺得他應該出一份力——提供劇本以外的力。

事實也證明了這個宣傳的正確性，《地球人》首週能如此賣座，除了本身原著粉絲眾多以外，還有一部分人給出的理由真的就是為了支持三木水這個國民岳父。

讓三木水哭笑不得的是，叫他岳父的人裡面大部分還都是妹子。他苦笑道：「現在的女生都在想什麼啊！」

「怎麼，你歧視同性戀嗎？」森淼一邊處理文件，一邊不忘打趣他。

「嗯，你說對了，我特別歧視我自己。」三木水一本正經的回答。

祁謙此前其實已經看過一次《地球人》了，但好電影永遠不缺二刷、三刷甚至刷更多遍的忠實觀眾。當祁避夏提前向祁謙打招呼，問他週末的節目活動和裴越去做什麼的時候，祁謙毫不猶豫的就回答了要去電影院看《地球人》。

比起別的孩子想去遊樂園或網咖，祁謙要看電影的想法讓很多人再次感到了意外，卻又覺得是情理之中，祁謙在前幾次節目裡就表示過對《地球人》的喜歡。

網路上調查「你為什麼去看《全宇宙最後一個地球人》」時，除了支持國民岳父這個理由外，還有一個奇葩理由占的比例也很大——想試試看能不能在電影院裡邂逅殿下。在ＬＶ市住著的粉絲就算了，還有很多財大氣粗又或者是瘋狂的粉絲甚至會真的特意從外地來ＬＶ市三十三天外最大的電影院，就為看一場有可能偶遇祁謙的電影。

很多人都表示這些粉絲太過異想天開，但今天和祁謙同坐一間電影院裡的人都紛紛發文證明敢想敢做才能實現夢想，他們真的在電影院裡遇到殿下了！

於是整場電影看下來，有大半的人看的都不是電影，而是祁謙。粉絲們甚至呼朋引伴，在電影開場前把偌大的電影院弄出了個座無虛席的場面。這樣的情況要是放在電影首映的前幾週，所有人都會覺得司空見慣，但是在已經上映了有一段時間的現在，就不得不說祁謙的魅力之大了。

裴越面上不顯，心裡都快把設計這段劇情的導演罵死了，什麼「臨時保姆裴越為了討好殿下，決定投其所好帶他去看他最喜歡的電影」……他是有多不要腦子才會幹出這種明知道有可能會引起萬人空巷卻依舊堅持帶孩子來看電影的神經病事啊！

最坑爹的是他想包場，竟然還被劇組阻止，說是太奇怪了……難道這樣人滿為患就不奇怪嗎？！

節目組表示這就是他們要的效果啊，事實上電影院裡的人數已經被嚴格控制了，之所以這場電影有這麼多人來看，不過是為了營造一種電影上映多週依舊受到熱烈歡迎的場面。

白氏是對《地球人》投資了很多錢，身為白氏旗下的電視臺，自然要不遺餘力的誇自家的電影。

據說因為電影的恐怖票房，《地球人》第二部已經設立了專案，準備進入籌拍階段了。其實一開始決定拍攝這部電影的皇家電影公司就已經做好了拍三部曲的打算，只不過現在他們慢慢把野心從三部曲變成了五部曲、七部曲，甚至是一個像超級英雄那樣偶爾互有交集，偶爾又能讓某個人物單獨成片的系列電影。

原著出版這麼多年，一版再版之後，粉絲群早已經由主角控進化成了配角控，又或者配對控。很多人氣配角在粉絲心中的存在感比主角還強，都已經不能用配角來形容了。

若實在不行，他們還可以無恥的開平行宇宙嘛！既不影響原著主線，還能想拍什麼就拍什麼。

祁謙喜歡這個故事的原因是，他覺得那個在外星遊歷的最後一個地球人有點像是剛到地球的他，在他覺得別人都是外星人的時候，其實他自己才是那個別人眼中的外星人。他與世界格格不入，卻在努力的想要融入其中。

文學作品要的就是這種與讀者產生共鳴的感覺，與越多的人建立這種能夠互相理解的共嗚，這部作品就會越成功。很多粉絲都能在《地球人》裡找到自己的影子，所以它才會如此成功。

最起碼祁謙是這麼覺得的。所以哪怕早已對劇情爛熟於心，他依舊看得津津有味。

臨時保姆裴越卻怎麼都無法把自己的注意力集中到這部很優秀的電影上，不是三木水的劇情不夠吸引人，也不是電影院裡觀眾的視線太熱情，而是……

裴越已經快被自己心頭的問題折磨瘋了，他想直接張口問祁謙：你到底是不是我大哥的兒子？

◎◆◎◆◎◆◎

世界盃賭輸了的那天，裴越不僅僅是和齊雲軒談了他們倆剪不斷理還亂的感情問題，大部分時間他們都還很正經的就「裴卓大哥的兒子」這個問題進行深入的辯證討論。

齊雲軒告訴裴越的情報裡有太多前後矛盾的地方，讓裴越都有點不知道該從哪問起。

不過最後裴越還是一一問了出來，齊雲軒也給出了符合邏輯又條理分明的解釋。當然，那些解釋大部分都不是什麼能一口篤定就是真相的答案，卻也足夠習慣了寧可信其有、不可信其無的人願意傾向於相信。

好比明明有親子鑑定，為什麼齊雲軒還會覺得祁謙有可能是裴卓的兒子呢？

「那你回答我，祁避夏是從哪裡得來的祁謙的ＤＮＡ？」

「除夕孤兒院捐贈衣服的銘牌，以及孤兒DNA庫的比對。」

「DNA庫裡有祁謙的照片嗎？」齊雲軒再問。

「沒有。只登記了地址和姓名。」裴越搖頭。

孩子隨時都會長大，預存照片根本沒有意義，一年照一次相又太過大費周章，耗時耗力還耗費資金。經濟不那麼發達的國家，又或者經濟不發達的城市都不會這麼做。

「銘牌上有兩種DNA，一個屬於祁避夏名叫祁謙的兒子，一個屬於有可能是你大哥的兒子除夕，這是我們已知的。但你怎麼能肯定現在這個謙寶是真正的祁謙，而不是除夕呢？謙寶並沒有真正和祁避夏做過親子鑑定，他們拿的是疑似謙寶的頭髮，萬一那頭髮的主人是另外一個孩子呢？」

「你也知道謙寶有多聰明，我甚至懷疑他其實是知道有人要抓他的，他也應該清楚另外一個孩子的下落。那麼在這樣的情況下，你覺得他會怎麼做？他跟你強調他的朋友很像白秋小叔，可以解釋為是為了朋友，也可以解釋為是為了他自己在試探裴家對私生子的感情。」

裴越：「但那個孤兒院的愛莎院長……」

齊雲軒哼了一聲，「愛莎就是個賺黑心錢的女人，你覺得她真的能記住孤兒院的孩子哪個是哪個？如果她真的知道，那她就不會放任她的姪子在購物中心和謙寶發生衝突了，明知道祁避夏在找自己的兒子，她還找死，是要有多蠢？」

裴越若有所思，想著好像真的很有道理的樣子。

齊雲軒聳肩，事實還是那個事實，但結合不同的語境總能彎到另外一個意思上。這就是語言的魅力，當然，也可以將其稱之為「我有欺騙裴越的特殊技巧」。

緊接著，齊雲軒就說出了致命一擊：「摸著良心說，你真的覺得祁避夏能生下祁謙這樣的孩子？」

哪怕是天才輩出的白家，頂多也就是白家大伯白冬這樣早熟一點，上學的時候多跳了幾級，可卻沒有誰像祁謙似的，聰明到讓人很想大喊一句「妖孽，還不速速現出原形」。

◎◆◎◆◎◆◎

電影結束的時候，裴越還陷在祁謙確實不像祁避夏兒子的怪圈裡無法自拔。

「你怎麼了？」祁謙摘下眼鏡，抬手在裴越面前晃了晃。

電影院裡此時只剩下他們和攝影團隊，別的觀眾在電影結束時就被工作人員快速請了出去，好留出足夠的空間拍攝祁謙和裴越看完電影之後的感想。

「哦，我只是在想號稱沒有感情的艾斯少將為什麼在最後會選擇幫男主角吳一。」

「因為艾斯少將以前在地球迫降過，和吳一的曾爺爺當了一段時間青梅竹馬的鄰居。後來艾斯少將被母星接走，走之前他們約定會再見。吳一脖子上戴著的屢次救了他性命的特殊礦石，就是艾斯少將送給吳一的曾爺爺的。可惜，人類的壽命太短，終敵不過時光，沒等艾斯少將有機會再回地球，吳一的曾爺爺就已經死了，地球也已爆炸，只有吳一活下來。」

「……」裴越懵了：我就是隨口問一句，你可不可以不要給我劇透這麼多？！這讓我以後怎麼愉快的看第二部、第三部！

艾斯少將在整個《地球人》的故事裡基本上處於一個「一般不出現，一出現就能掀起腥風血雨又或者力挽狂瀾」的特殊地位，俊美三無（注：無口無心無感情）、文武雙全的屬性讓他人氣爆棚，即便他根本沒怎麼出現過。

在三木水沒有給出艾斯少將的故事前，很多人都在奇怪「為什麼這樣的艾斯少將會屢屢幫助男主角」。

有人說這就是愛情；也有人猜測艾斯少將其實就是作者自己的化身，外掛自然大；當然更有人表示艾斯少將是作者給男主角吳一開的唯一一個金手指。直至三木水在單獨出版艾斯少將的單行本裡，給出了祁謙剛剛所說的原因。

為此，每當動畫裡艾斯少將出現時，三木水的一大批愛好獨特的女書迷們就會滿螢幕的刷著 yooooo～

這期《因為我們是一家人》還沒開始錄製前，三木水還跟他戀人森淼商量著：「你覺得讓謙寶演艾斯怎麼樣？」

「童年回憶嗎？祁謙的形象倒是挺適合的。」

「不，我打算將來把艾斯少將在地球的故事單獨拍成一部電影，也就是艾斯少將那本單行本裡的大部分故事。我覺得謙寶挺適合當主演的，只要他將來別長殘。哪怕演技再渣都特別合適，而且他很喜歡這個故事。」

艾斯少將的設定是三無，祁謙基本上可以本色演出，不需要什麼演技。

「祁謙現在才六歲，你就想他十六歲的事情？親愛的，我們還是洗洗睡吧。」腦洞能別隨便開這麼大嗎？誰知道十年以後會是怎樣。

事實證明，有時候不是腦洞開太大，而是真相總能如此巧合。

三木水提前趁著祁謙小時候拍下來的一些艾斯少將的童年片段，後來完美的插入了祁謙長大後演的電影裡，成了很多電影都再無法複製的經典。畢竟沒誰能真的慧眼如炬在某個影帝小時候就讓他拍好一些電影片段，再等影帝長大來一次時空的交錯。

當然，這些都是後話了。現在祁謙還在拍攝《因為我們是一家人》。

◎◆◎◆◎◆◎

在結束了一天的玩樂之後，裴越帶著祁謙去了最後的目的地——ＬＶ市郊區山上新建的原生態森林公園。

基本上就只能看見森林，看不到公園的那種原生態。

每個家庭都會被分到一間真正意義上的樹屋，孩子們會被打扮成奇幻世界裡不同的種族幼崽，好比精靈、天族、魔族之類的。

導演表示，再次感謝大神三木水提供的靈感，如果不是怕被說太掉節操，裝扮主題會變成動物擬人。祁謙第一期的貓耳朵人氣爆棚，後來報紙上報導出的恐龍尾巴運動短褲也是賣到供不應求。

於是，當第二天早上祁謙在花骨朵外形的樹屋裡醒來之後，他就一臉抗拒的看向節目組替他準備好的魔族服飾。

兩邊綿羊一樣的角和倒三角的尾巴尖什麼的，惡意賣萌的想法能不能別這麼昭然若揭？好歹也遮掩一點啊！再遲鈍的祁謙也感覺到來自身邊人深深的惡意。特別是那邊蠢蠢欲動、躍躍欲試的化妝師，收斂一點好嗎？假裝一下會死嗎？啊？！

當穿著一身銀紋黑袍的祁謙出現在電視上時，再次創下了整個節目收視率的新高。

「為什麼尾巴還能動？」看著彷彿與褲子完美融在一起的細長黑尾巴，祁謙一頭黑線。還有他本來垂直的齊耳短髮也被燙成了自然捲，配上兩側彎曲的角，更像是綿羊了好嗎？！

「自然捲都是好人喲~殿下沒有聽過這句話嗎？」哭著喊著要替祁謙化妝的化妝師妹子在終於如願以償之後，開始試圖跟她的男神搭話，雖然男神年齡小了點、三無高冷了一點、不那麼容易接近了一點……但她還是想要嘗試一下！免得日後抱憾！

「哦。」祁謙如是回答。那話他自然是聽過的，動畫《不是武士，是甜食控》裡自然捲主角的名言，只是他目前還沒學會跟別人交流動漫畫心得，只愛自己默默的看。

——我殿果然高冷！

化妝師妹子為沒辦法和殿下愉快的交談而暗暗心傷……對了、對了，還有尾巴！

「這個是這幾年才研發出來的高科技，二次元必備神物。緊貼身體，能充分根據身體反應和心臟跳動速度，配合出合理的動作。好比炸毛、高興，以及沒事幹的時候甩一甩。很厲害吧～」

——這些地球人能不能在科技發明上幹點正事？

祁謙感覺太陽穴上的青筋開始活絡了起來。

「來來來，殿下，把三叉戟拿上就是最帥的惡魔殿下了呢。」化妝師妹子越挫越勇，決定再接再厲。

「我要拿著我的熊。」祁謙終於多說了幾個字。

「惡魔抱著熊……」化妝師妹子為難的看了看祁謙，最終心一橫，就把節操和下限都扔到了異次元，她笑得好似一朵花的表示：「想想真是意外的很萌呢！那就這樣吧，泰迪熊就是殿下的武器了！」

無意中聽到這段對話的副導演表示很心塞：這樣隨隨便便改變設定是誰允許妳做的！妳家惡魔拿泰迪熊當武器啊？關鍵時刻怎麼打啊？別人是糊妳一臉血，他這是糊妳一臉泰迪熊嗎？妳還知不知道是誰發薪水給妳的，嗯？！好吧，連我的薪水都是祁謙家的大人發的……這是兒童節目，考據黨注定沒活路。就這麼愉快的決定了吧！

所以說，這就是個誠（毫）意（無）滿（節）滿（操）的節目組啊。

孩子們今天的任務是和小夥伴們一起組隊在森林裡闖關尋寶。

其實節目組本來設計的是他們五個像奇幻小說裡的冒險小隊那樣去救被惡龍抓走的「公主」，也就是他們的家長。但自從祁謙在第一期使用那麼奇葩的方式破了找人遊戲之後，導演組就不敢再安排這種找死的環節了，除非他們想瞬間結束整個活動。

於是，這才有了闖關尋寶的 idea。

家長們則和孩子分別行動，去做屬於他們的特殊任務。祁避夏在早上的時候換回裴越，按照節目組的意思是先不告訴祁謙，等最後和家長會合時再給祁謙一個驚喜。但其實……祁避夏早就跟祁謙說過他會在第二天來參加節目了。

「這個不能提前告訴我兒子？」祁避夏悄悄問身邊的助理小錢。

「是啊，給你的劇本上不是特地標注了嘛。」助理小錢作為一個盡職盡責十項全能的助理，自然是很清楚祁避夏的每一項工作，比工作更清楚的則是祁避夏的耍蠢性格，所以他很快就領悟了祁避夏有此一問的理由，「你不會是……」

「哈、哈，今天天氣真好啊，天空是辣麼藍～」

也就是說答案是「是，我已經告訴我兒子了」，對吧？助理小錢只能改問：「那殿下的演技如何？」

「你覺得咧？」祁避夏尷尬反問。

「算了，這是導演的問題，不是我的，我什麼都沒聽見。」助理小錢決定立刻忘記這個容易讓人聽到之後想開扁祁避夏無數次的苦惱。

那邊五個小孩已經從樹屋上下來，來到了約定好的被命名為卡巴拉的生命樹下。

蛋糕不出意外的打扮成了精靈公主；雙胞胎是人類，一個劍士、一個魔法師；福爾斯則是……天族，天使，雖然長著一雙純白無瑕的羽毛翅膀，但總會讓人擔心他能不能飛起來的那種鳥人。

節目組真的是惡意滿滿呢，米蘭達都不會有意見嗎？

「謙寶～謙寶～」福爾斯倒是挺高興自己這身打扮的，「你看，我是天使喲～」

「我是惡魔，我們兩個勢不兩立，還是不要站在一起了。」祁謙用一個特別正經的理由對福爾斯表達了自己對他的嫌棄。

「祁謙哥哥，我現在是精靈公主，你看我漂不漂亮？」

蛋糕的打扮其實算是最簡單的，一件公主裙，兩個尖耳朵，這樣就完美了。但也正是因為這份簡單，反而更能襯出精靈的單純乾淨，再加上蛋糕本身就足夠天真爛漫的形象，真的很難讓人不喜歡。

「公主殿下，我願成為妳的騎士，永遠保護在妳身邊。」

祁謙將來的發展絕對是個二次元宅，在唸旁白和角色扮演這些方面天賦異稟，很快就進入了角色。

「我們也願成為妳的騎士！」

這一幕播出後，粉絲們無不歡樂的刷著彈幕——

「論當代雅典娜雛形的建立！」

「從未有哪一刻我會如此強烈期望三木水大神能成為我爸！」

「我殿無論做什麼都帥到沒朋友！」

冒險開始，五個小夥伴第一關面臨的就是迷宮——如何從森林裡出去。

他們每人手上都有一張早上起來從床頭邊發現的地圖，地圖上畫著前往埋藏寶藏之地的路線，但地圖並不是完全正確的，每人手上的地圖都有一處與別人不同的地方，怎麼判斷路線是真是假，這個就要看孩子們的運氣了。

劇組的本意是想拍孩子們幾次面對「此路不通」的標牌時的表現，無論是沮喪、哭泣、還是擦乾眼淚繼續再戰，都感覺很萌對不對？

但李杜導演早就有所覺悟，有祁謙的地方就別想著他們能按照劇本走。

「把五份地圖一起對比一下，找到不一樣的地方，就能得到兩條不一樣的路，二選一，都試一次不就得了？」這根本就是很簡單的大家來找碴嘛，祁謙如是想。

李杜導演表示：臥槽，這樣也行！是啊，這樣怎麼不行！是誰設計這遊戲？去切腹！

祁謙等五個孩子先走的就是那條用五張地圖都有一處與別人不一樣的地方拼湊出來的路線，然後輕鬆走過了第一道關卡。

「看來這條路就是正確路線了。」雙胞胎中的哥哥阿多尼斯笑著說。

「真的是太簡單了，瞧不起人嗎？」脾氣火爆的弟弟阿波羅緊接著哥哥的話說道。

「後面會變得更難吧？」蛋糕猜測道，「我父親說製作遊戲就是這樣的，前面簡單，後面變難，才會讓人有不斷闖關、不斷進步的成就感。」

「又或者是為了讓我們早點發現寶藏，好空出時間來玩？」福爾斯想的總是特別天真。

李杜導演在鏡頭後面傲嬌的表示：呵呵！本來就是預計讓你們每一關都要面臨幾次「前

路無法前行」的難度好嗎？現在你們直接跨越了那些死路，筆直的走著唯一正確的路，當然會覺得簡單！

他已經對這個總感覺孩子的智商超越了大人的世界絕望了。

而在前進的路上，每過一段，他們就會遇到一個關卡 BOSS。劇組專門設計了幾個必須由五個孩子中的某個人才能完成的環節，希望突出孩子們齊心合作闖關的一面。

但是實際操作起來的時候……

基本上都是靠祁謙一個人搞定的。祁謙不僅腦子聰明，體能也突出，好像根本沒什麼能難倒他的。

這用電玩遊戲來形容的話就是……別人有走位風騷的ＭＴ（注：主坦克、血牛），我們有祁謙；別人有核彈似的輸出，我們有祁謙；別人有奶水充足的治療，我們還是有祁謙。哪怕是祁謙後面跟著一群天線寶寶，他們也能贏下全場。

他們的組隊模式基本上就是一個滿級的高手帶著四個菜鳥在刷最簡單的副本。雙胞胎還會偶爾幫忙，蛋糕和福爾斯就是純蹭經驗的，還蹭得特別光榮。

「你負責過關，我們負責不搗亂，我媽媽說這是快速贏下比賽的訣竅。」

不少網友在看到這裡的時候紛紛表示：四少（注：福爾斯是米蘭達和蘇球王的第四個兒子）說出了真理，簡直不能更對！不懂事還隨便拉仇恨的蠢貨常有，而有自知之明的人不常有。遊戲裡最怕遇到那種自己沒什麼本事就是純蹭經驗，還非要惹事逞強的人了有木有！

過五關斬六將，五人組終於千里迢迢來到了寶藏所在的最後一關。看守寶藏的是一個打扮成獅身人面獸的工作人員，答對她的問題她就會讓人過去，答錯了她就會吃掉他們。獅身人面獸是這樣恐嚇的。

但五個孩子沒誰害怕，還是那句話，他們有祁謙。

劇組也早就想到了這一點，所以他們群策群力的找到了應對之法。眾所周知祁謙聰明，所以劇組問的既不是專業知識，也不是腦筋急轉彎，而是……生活常識。

「=口=你們也太狡詐了吧？」完成了自己任務的家長們此時再次圍坐在了攝影機前，祁避夏一邊觀看孩子們的表現，一邊如是說道。

「沒辦法，殿下智商太高，只能爭取從別的地方難倒他了。」主持人大明笑著回答。

雖然恭維的成分居多，但祁避夏還是覺得很驕傲。然後緊接著祁謙的表現就讓祁避夏更加驕傲了，劇組準備的幾個題目都被祁謙輕鬆搞定。

哪怕是最奇葩的最後一題——人喝酒之後為什麼會臉紅？

「因為有些人體內代謝酒精的乙醛脫氫酶2基因有缺陷，導致乙醛在體內大量累積，血管擴張，這才導致了臉紅反應。」

「……過關。」雖然工作人員更想說的是：雖然不知道你在說什麼，但感覺很厲害的樣子，就讓你過關吧。

「你們為什麼要出這麼奇葩的問題？」五個家長齊齊用看禽獸的眼神看著主持人。

大明欲哭無淚的表示：「其實我們準備的答案是因為人喝醉了，沒想到殿下給了個更加科學嚴謹的答案。話說，陛下，殿下這是打算一開始之後就直接跳級到大學嗎？」

祁避夏笑而不語。

其實節目組的思路是對的，生活常識是祁謙的弱項，但那是針對剛來到地球的祁謙。祁謙最逆天的地方不在於他比地球人高的智商，也不是他強大的武力值，而是他過目不忘。在電腦網路如此發達的今天，還有什麼能難倒祁謙？

「耶嘿！」

五個小夥伴一起擊掌，歡呼著他們的勝利，之後他們終於來到了寶藏埋藏之地——露天溫泉。

對，這就是節目組安排的寶藏，明星們將會和他們的孩子共享露天溫泉。

其他幾個孩子對此都表現出了極大的期待和躍躍欲試，只有祁謙冷著臉。

後來網路上有人用一句話貼切的表達了祁謙的心情：我褲子都脫了，你就給我看這個？

「我殿豈是那種隨隨便便用溫泉就能收買了的人！」

「怎麼樣也要加上漢堡和雞翅好嗎？」

「絕對不能忘了霜淇淋啊。」

「還有巧克力。」

「可樂。」

後面內容基本上就歪成了「我殿最喜歡吃但卻因為健康而不能吃的食物到底有多少種」，最後粉絲齊齊表示：「每次看見我殿求而不得的眼神，心都要化了好嗎？！」

五座露天溫泉，有大有小，有好有壞，有溫度燙得不能忍的，也有溫度適中的，分別座落在不同的地方，距離也有遠近之分，總之就是來自節目組的又一次惡意。前面家長們的特殊任務決定了他們將會分別帶孩子享受哪個級別的溫泉。

祁謙面對最小、最偏、最簡陋，總感覺活像是要把人煮了的溫泉池，轉頭默默的問祁避夏：「你們的特殊任務不是在綁著繩索滑過長河的觀光之旅中，看誰摘的任務目標最多嗎？」

「是啊。」祁避夏不明所以的點點頭。

「徐叔叔有懼高症。」祁謙繼續提示道。

後來在網路上觀看節目的粉絲們紛紛在這一刻用彈幕表示：「我感覺到了來自殿下的殺意透過螢幕撲面而來」、「給陛下點蠟」、「殿下眼神裡有殺氣」，以及「這個時候該炸毛豎尾巴了」。

祁謙看著祁避夏的表情傳達著更深層的意思：你連有懼高症的三木水都比不過了，是有多……還需要我繼續說下去嗎？

「謙寶你就原諒爸爸這……N回吧……/(ToT)/」

粉絲們再次彈幕齊發——

「尾巴真的豎起來了！」

「高科技點讚！」

「哪裡有賣？跪求指路！」

「謙寶要不要來和我媽媽一起泡溫泉？」福爾斯小天使特意跑來邀請祁謙。他的母親米蘭達巾幗不讓鬚眉的力壓了另外三個男性，分到了最好的溫泉池。

「一邊是超豪華型的露天溫泉，一邊是可憐兮兮的爸爸，殿下會如何選擇呢？」

「廣告後回來更精采。」

這是節目組故意卡最後一個廣告點的地方，但正在錄製的時候可沒有這個，當時祁謙的反應是毫不猶豫的選擇了祁避夏。

「雖然很想去，但爸爸也需要人陪。」

這簡短的一句話感動的不僅是祁避夏，還有電視機前面幾千萬的觀眾。

甚至包括李杜導演，他感動得稀里嘩啦，心裡想著：終於、終於有一次殿下肯跟著節目組設計好的劇情走了！

很俗套的掉斧頭的故事，祁家父子倆一起得到了來自米蘭達的邀請，畢竟劇組不可能真的讓祁避夏父子去受罪。等在溫泉池邊的還有另外兩個家庭，米蘭達分享了她的獎勵，皆大歡喜。很狗血的 Happy ending，卻是觀眾所喜聞樂見的。

之後看到這溫馨的一幕時，粉絲們則表示：「迷茫的少年喲，你掉落的是這個聰明的祁避夏呢，還是這個勇敢的祁避夏，又或者是這個無能的祁避夏？果然還是要前兩個，別要最後一個了吧。太心疼我殿了。」

溫泉裡，福爾斯正在說著他最喜歡《西遊記》裡的豬八戒。

「為什麼？」祁避夏詫異極了，這個年紀的男孩不應該都喜歡武力超群的大聖嗎？總不會是因為體型比較像，所以喜歡吧？

「因為別人說我們很像，我就決定喜歡他了，他一定像我一樣好。」

「……」還真是這個理由啊！以及這樣理解真的可以嗎？分明是別人在故意侮辱你的體型，卻也可以反過來說說豬八戒像你一樣好嗎？這個精神……可以有啊。祁避夏在心裡為福爾斯按了個讚。大智若愚，也許就是這個樣子。

於是，話題就變成了每個孩子喜歡哪個《西遊記》裡的人物。

《西遊記》作為C國四大經典名著，一般人其實都沒怎麼仔細看過原著，卻能透過電視劇、動畫瞭解到整個故事。幾個五、六歲只看過動畫的孩子肯定上升不到什麼文學藝術的高度，他們只是在嘰嘰喳喳表達著自己對某個人物的喜好，理由也……很獵奇。

好比蛋糕喜歡玉兔精，她覺得玉兔精比嫦娥還漂亮。

等輪到祁謙的時候就更尷尬了。因為祁謙沒怎麼看過《西遊記》，準確的說是他沒看過原著小說。不是作品不好，而是祁謙沒有那個古漢語的語境，真的很難讀得懂，又因為畫質問題而不愛看《西遊記》的動畫版。於是，祁謙對《西遊記》的瞭解就僅限於這是個關於猴子的神話故事。

祁謙也是好不容易才瞭解了C國動物草木皆能成精的神話體系，連著吸取日月精華的修真者那部分一起。

但是現在正在做節目，祁謙不可能直說他根本不知道什麼是《西遊記》。如果他真這麼說了，他本身的形象也許不會受到太大的損失，畢竟他還是個孩子，可是祁避夏肯定又要被群起而攻之的躺槍一次，說他不會教孩子，連這麼經典的名著都沒有跟孩子講過什麼的。

就像在B洲世界盃那期的節目裡，祁謙和祁避夏在黑暗裡開玩笑的一句豎中指，明眼人都知道那不過是父子間的小玩笑，卻偏偏有人自以為道德感優越的指責說這是祁謙沒家教，在祁避夏那樣的人身邊長大，孩子能有什麼好？

為了平息事端，祁避夏不得不在媒體面前道歉，將責任全部攬在了自己身上，表示他以後會更加注意在兒子面前的言行。

那給了祁謙一個不小的教訓。

「抱歉，我不知道那個手勢侮辱性很強。」在那次事件之後，祁謙這麼對祁避夏說道。

「爸爸也不知道。」祁避夏是這樣笑著回答的，「每個人對待不同的事物都有不同的尺度，好比爸爸覺得和你說『再說嘲諷我弄死你喲』是在開玩笑，但有人卻真的會去報警。網路上不都說了嘛，所謂拖延症不過是懶，所謂強迫症不過是閒得蛋疼，非要把自己的言行強加在別人身上。等等，閒得蛋疼不是一句好聽的話，爸爸以後不說了，你也不許說。」

祁謙點點頭，「我以後會注意不給你惹麻煩。」

子不教父之過，別人不會說孩子不好，只會說家裡的大人不會教，但祁謙卻覺得那比直接責備他還要讓他覺得委屈。

「你只有我能欺負！」

「對，沒錯！」

裴越幽幽來了一句：「你們父子倆真沒覺得這兩句話有什麼問題嗎？」

回到集體泡溫泉的那晚，祁謙為了避免祁避夏再次被指責，突發奇想道：「太陽還沒出來的時候，家住黑風山黑風洞的黑熊老人就已經起身，呼朋引伴的一起進山。幾十公里的山路，蜿蜒崎嶇的攀爬皆如履平地。今天，黑熊老人想試試運氣，看能不能尋找到一種傳說中的食材——來自東土大唐的和尚。」

「……」

現場沉默五秒鐘，之後所有人都噴笑開來。用《舌尖上的C國》的旁白配《西遊記》什麼的，意外的很萌啊！

「所以謙寶是喜歡唐僧嗎？」米蘭達笑得花枝亂顫，抹乾眼角的淚珠後繼續說道：「這是被陛下逼著按照營養食譜吃飯之後的進化體？」

「嗯，嘎巴脆，雞肉味，擰斷頭，皆可食。也可以用料酒浸泡後滾上麵包碎，放入油中大火滾炸，炸至金黃色就可出鍋。與家人朋友一起分享，風味更佳。這是一道招待賓客的傳統大菜。」祁謙繼續面無表情的說著。

「你從哪裡學來的這個？」幾個家長笑得前仰後合，隨口問道。

「網路上有很多這樣的段子，前面的那些話還可以換成『漢尼拔去找插漢子（注：電影《X-men》的黑暗中文翻譯）』。又或者在段子裡頭加一句『這是一種很古老而又傳統的習慣』，段尾的時候說『相較於其他原料，ＸＸ更像是大自然神秘而又寶貴的饋贈』什麼的。」

這一期的《因為我們是一家人》就在這樣的歡聲笑語中順利結束了，所有觀眾看後也都深深的感受到了祁謙自被控制飲食之後的強大怨念。

粉絲們則繼續在網路上嚎——

「看把孩子都委屈成什麼樣了！」

「求陛下別矯枉過正，給塊炸雞吧！」

「我殿你娶我，我家開M記的！」

×月○日 第十篇日記

爸爸，我想演電影

節目錄製結束的第二天，四個家庭和節目組揮手告別，分道揚鑣。祁謙父子隨三木水父女一起飛往了帝都時代遊戲的總公司，進行早就答應好的配音工作。

祁謙要配的是《法爾瑞斯 online》即將新開的天界地圖中的角色，配音之前祁謙被要求簽署一系列的保密合約，哪怕是祁避夏都不知道太具體的NPC背景。因為祁謙要配的是天界副本中最大的 BOSS——有五種意識形態的天帝，老人、中年、青年、女性和小孩子。

祁謙要配的自然是正太版天帝，也是最不容易讓人猜到的形態。如果進副本的隊伍不幸抽中了孩子形態的黑化天帝，那麼正太天帝會從一開始就跟著隊伍，被當作隊伍裡的助力NPC，一路打到最後，等瞭解了全隊屬性之後正太天帝就會放大招。遊戲難度等級——喪心病狂。

不過，等後來天界地圖被破解得差不多、各種攻略齊出之後，倒是有不少人專門刷無數次天界地圖，就為了能觸發正太天帝。他們表示，跟天帝說話的感覺就像是在跟殿下說話。

《法爾瑞斯 online》是全息網遊，對遊戲裡NPC的AI（注：人工智慧）要求很高。相傳時代遊戲在這方面的研究甚至推動了C國的科學研究發展。遊戲主腦的AI是最高的，沒人知道它到底能做到哪一步，只知道遊戲裡的NPC都是由它創造產生，並會對整個遊戲進行嚴格監控。

可惜主腦只能生成NPC的外形和行動軌跡，卻無法賦予NPC聲音；不是真的沒辦法給，而是它只能給NPC冰冷冷的失真機器音。

所以這個時候就需要有專人為NPC配音，作為音源的資料，進而在主腦的推演籌畫下徹徹底底變成該NPC獨有的聲音。

祁謙需要做的就是提供這種聲音來源資料，比配音的要求還高，因為他需要類比各種感情下的語境。開心、憤怒、陰險狡詐等等，且沒有故事腳本讓他醞釀感情。

幸而，祁謙做得很不錯。

「我還以為你是在騙我，說你幫兒子做好了配音訓練什麼的。」三木水是這樣對等在一邊的祁避夏說的。

「開玩笑，我是那種騙人的人嗎！」

「是。」三木水篤定異常。

「……好吧，是我兒子天賦異稟，他雖然因為自閉很難理解別人的感情，但他的記憶力很好，是真正的過目不忘，無論是什麼都能看一遍就模仿到位。」

「自閉症？」三木水詫異極了。

「你不知道？」祁避夏比三木水還詫異，他以為家裡人幾乎都知道了呢，Oh no！祁避夏趕忙補救道：「忘記你剛剛聽到的！」

「晚了。」三木水理解祁避夏不想讓別人知道祁謙有這個心理疾病的心情，但他還是要說，祁避夏為什麼不早點告訴他？他簡直要欣喜若狂了好嗎？！他所期待的艾斯少將正是這樣啊，初到地球時自閉而又孤獨，簡直是量身打造有木有！

「你必須答應我讓你兒子來當主演！」

「這我可說了不算。」祁避夏為難道，「得謙寶願意才行。」

「他不是很喜歡《地球人》嗎？一定會答應的！」按照祁謙那個熱愛唸旁白以及玩角色扮演的心態，他不可能不答應。

「我知道。只是謙寶喜歡的是男主角吳一，你自求多福吧。」

「但謙寶明明和艾斯少將更像。」

「是啊，大概是同性相斥吧。謙寶倒也不是說不喜歡艾斯少將，但你想說動他演電影，用請他演吳一的理由肯定比讓他演艾斯少將有吸引力。」

「怎麼這樣……QAQ」

最後祁避夏還是答應了幫三木水去試探祁謙的意思，並努力遊說祁謙演艾斯少將。

「演電影能幹什麼？」祁謙問。

「當明星啊，會有很多人喜歡你喲，比現在你參加《因為我們是一家人》還喜歡你。你也知道的，大家都愛把自己的精神寄託在二次元裡，放在某個故事人物身上。所以當你演了那個人物之後，你就是他們的信仰。」祁避夏也不知道這麼解釋對不對，他只是把自己的感覺說出來，「這個人物能給人積極向上的力量，能鼓舞人勇敢、堅強，讓人感覺到快樂和希望。就像你徐叔叔寫小說那樣，把他的三觀傳達給別人。」

祁避夏的解釋讓祁謙想到了除夕的媽媽，她是祁避夏的忠實影迷，最喜歡的作品是《孤兒》，在她還活著的時候，她總愛講電影裡的內容給除夕聽，用以鼓舞在貧苦環境中的他們笑著去擁抱每一天。

這部電影的最後是三木水特有的磁性聲音，他說：「我寫下這個故事，要表達的是無論何時何地，我們都應該相信每件事情到最後都會有一個 Happy ending，如果不是，那只能說明其實故事還沒有走到最後。世界靜美，我們始終應該手握希望。」

螢幕上定格的是一行清新雋永的手寫字，來自《孤兒》原著小說的扉頁，三木水親筆：謹以此文送給這世界上我最愛的兩個人，願與君共勉。

很多年前，少年徐凌輟學，表姐常戚戚家裡破產，戀人森淼發現自己其實是養子，在他出櫃的那一刻就被養父毫不留情趕出家門，還是未成年的他身上沒有錢。「堅強」是當時的他們不得不擁有、也是唯一能擁有的東西。如今，世界用無上的美好回報了他們曾經歷過的全部苦難。

初到地球時，祁謙的光腦 2B250 型在成功入侵了地球的網路，瞭解到大部分地球的意識三觀之後，嚴肅的告訴祁謙，每個到地球的外星人總會以毀滅地球或統治世界為目的，然後光腦建議飛船已經徹底損毀、這輩子大概都回不了α星的祁謙也接受這個人生目標。

祁謙同意了。

後來祁謙遇到了除夕，他提供了珍貴的自然食物和水給祁謙，教會了祁謙很多光腦 2B250 大概這輩子都理解不了的地球風俗，最後他邀請祁謙一起去孤兒院生活，直至成年。

祁謙想了想，同意了。

現在，祁避夏告訴祁謙，演電影會是個不錯的就業選擇。

祁謙為了積蓄更多的能量，再次更改了自己的目標：「我會去演艾斯少將的，我以後也想試著一直演電影，當明星。」

祁避夏那一刻激動的心情是所有人都無法理解的，他簡直欣喜若狂。他是說，雖然他說過要讓兒子自由發展，選擇自己喜歡的職業——以祁謙的智商不當科學家簡直是浪費人才好嗎？祁避夏曾這樣對家人驕傲的說——但其實在祁避夏的內心深處，他也是有他的私心的，他很希望、甚至是渴望祁謙能子承父業，完成他未盡的事業。無數次他都在內心中瘋狂的對上天祈禱，讓祁謙喜歡上演戲吧、讓祁謙喜歡上電影吧。

但是祁避夏怎麼都沒想到，他真的能說動祁謙。

之後，祁避夏就讓祁謙見識了一下什麼叫「祁避夏式的熱情」。

◎◆◎◆◎◆◎

從表演訓練到劇本再到經紀人最後到人際關係，祁避夏一個下午就為祁謙規劃好了未來二十年的路。甚至，祁避夏早在祁謙不知道的時候，已經在家裡為祁謙開闢了一間專門用來規劃演藝路線的工作室，足可證明他此前腦補過多少次了。

「咳咳，爸爸也就是隨便想想，你別有壓力啊。」祁避夏對祁謙敞開房間門之前是這樣說的。

「隨便想了一整個房間出來？」助理小錢一頭黑線的看著房間裡堆積如山的文件、照片以及光碟片，不知道的還以為祁避夏這是對他兒子有什麼不正常的感情呢。

「這一筆、那一筆的，不知不覺就……」祁避夏撓了撓頭，自他將祁謙從B洲接回來之後，他就開始著手布置這個房間了，一開始只是一張紙，他窮極無聊在某個偏僻的空房間裡腦補著兒子的未來——就像很多有了孩子之後的家長都愛幹的那樣——後來紙變成了本子，本子變成了一箱又一箱的文件、照片、光碟片等等等，慢慢就堆積了整個房間。

「你要電視做什麼？」阿羅好奇的問道。

「看謙寶在《因為我們是一家人》過去節目裡的表現啊，總能找到很多靈感。」祁避夏照實回答，「還有就是看別人演的經典電影，看看哪些適合謙寶學習。」

阿羅隨便拿起就近擺在桌上的一張紙，看了幾眼後就愣住了。

這哪裡是為祁謙規劃的未來，分明是祁避夏午夜夢回不知道遺憾了多少次曾屬於他的過去。祁避夏在十五年前真的是紅遍大江南北，他所代表的已經不是一個演員、一部電影，而是一個時代，一段永遠無法磨滅的珍貴回憶。曾有一年全球最高的電影獎甚至用了「祁避夏年」來形容當時的盛況，祁避夏虜獲了下至五歲、上至八十歲的全年齡層。

再沒有誰創造過祁避夏那樣的萬人空巷，他在全世界所有人的關注下慢慢長大，而就在他最春風得意之後的那一年，發生一件改變了祁避夏一生的事。他曾站得有多高，後來就摔得有多慘。

在全世界口誅筆伐表達對祁避夏很失望時，真正的爆點來了，有影迷在電影院門口飲彈自殺，用以抗議祁避夏的新片，被媒體渲染為史上最極端的 ANTI 粉。

說實話，祁避夏能走出那段陰影再次站在鎂光燈前，阿羅是很佩服他的。

只可惜祁避夏的螢幕形象已經再也變不回過去那個人人心目中純潔的小天使了。祁避夏自己也好像已經習慣了被人當作反面教材，甚至還會笑著和裴越攀比這一週他們倆誰被媒體報導罵得更多一些，又或者誰被罵的理由更奇葩一點。

阿羅以為祁避夏是真的看開了，直至今天看到祁避夏對祁謙的期待，阿羅才知道祁避夏其實根本放不下，只是他學會了隱藏，學會了把他的期望安放在別人身上。

所以祁避夏總是對媒體說：「你們說我可以，但不能說我兒子，否則我一定會讓你們好看，這不是開玩笑。」

祁避夏在維護祁謙的同時，其實也是在維護著他過去的影子。

阿羅能看懂的東西，祁謙自然也明白，他很高興能在為了積蓄尾巴能量的同時，也讓祁避夏感覺到開心，一箭雙鵰，不外如是。面對祁避夏的認真，祁謙也鄭重表示，他會把祁避夏為他準備的這些都看完的，無論是成熟的意見，又或者幼稚的，以及祁避夏建議他看的各類經典影片和電視劇，他都會牢牢的記在腦子裡。

祁避夏被兒子的嚴肅以待萌得心都要化了。

阿羅決定打破這個容易讓所有人都淚眼汪汪的局面，「咳，我比較好奇一個問題，謙寶的經紀人為什麼不能是我？」他晃了晃計畫書。

阿羅覺得他作為白齊娛樂首屈一指的金牌經紀人的地位受到了嚴重的挑釁，他就差揪著祁避夏的領子大吼：說，到底是哪個臭不要臉的小妖精勾搭了你！

「因為我要自己當謙寶的經紀人啊。」祁避夏不假思索的回答。他思來想去還是覺得這個世界上除了他自己，再沒有任何人適合當他兒子的經紀人了。

「你信不過我？！」阿羅表示這比祁避夏被一個不知名的小妖精勾搭過去更要命。

祁避夏搖搖頭，「不，有你當我的經紀人是我這輩子最大的幸運，毫不誇張的說，沒有你和裴越，就沒有我的今天，我肯定早就廢在當年的事情裡了。我信不過誰，也不會信不過你。但是要當謙寶的經紀人，我卻只信得過我自己。」

如果說祁避夏對自己身邊人的戒備設置是最高等級A，那他對祁謙身邊的戒備等級就是超過了A級的特殊級S級。

「你自己有多忙，還需要我提醒你嗎？你哪裡來的空閒時間當你兒子的經紀人？」

其實要不是為了怕打擊祁避夏的自信，阿羅還想加一句：你哪裡來的智商夠當經紀人？別到時候父子倆一起被玩死。

「所以這是我要跟你說的第二件事，我準備告別歌壇了，好專心當我兒子的經紀人。」

「……」

全場寂靜五秒鐘。

「你認真的？」對上祁避夏的眼神，阿羅這才意識到祁避夏沒有開玩笑。

祁避夏篤定的點點頭，「從未有過的認真。很多家長不都是這樣嗎？為了孩子犧牲自己全部的事業，好比那個……呃，最近很紅的那個童星叫什麼名字來著？就是演那個全劇從頭哭到尾的苦情劇裡的小男孩。他媽媽以前不也混演藝圈嘛，結果等兒子拍奶粉廣告紅了之後就專職當兒子的經紀人。別人能做到的事情，我為什麼不能？」

「因為那個別人是『媽媽』，你是『爸爸』！她以前就不紅，你現在紅得如日中天！」

阿羅撫額。

「我已經賺足了夠我和謙寶花十輩子的錢，我覺得爸爸的責任已經完成得很不錯了。而謙寶沒有媽媽，為什麼我不能頂上，身兼雙職一下？」

「你清楚你在說什麼嗎？」阿羅真的要向祁避夏跪了。

「很清楚啊。」

「我不同意！」一直沉默的祁謙終於開口了。

「為什麼？」祁避夏可憐兮兮的看著兒子，「謙寶你嫌棄爸爸不夠好嗎？爸爸一定會努力的，我已經跟你白秋小爹打過招呼了，就要去上白齊娛樂內部的經紀人培訓班了呢。」

「因為我不想你為我犧牲。我想當演員，是因為想成為你的驕傲，我知道你有多想彌補當年的遺憾。但如果為了照顧我，為了我的演藝生涯而搭上你的一輩子，那不就本末倒置了嗎？我想你開心，不是想你為我一再的付出。」

「爸爸很感動寶貝你能這樣想，但是，有些情況很複雜，你不懂……」祁避夏擺出一副豁出去的模樣，想再次說服祁謙，「我想是時候該告訴你真相了，關於赫拉克勒斯告訴你的我當年和賈仁之間的恩怨。」

「賈仁是我的親舅舅，我媽媽一母同胞的親弟弟，我的第一任經紀人，是他一手挖掘了我的演戲天賦，捧紅了我。但是他收受賄賂、抽取二次佣金，選擇對我很不利的發展方向，只看片酬，不看片子品質。而這還不是最糟的……」

「後來我遇到了事業危機，很嚴重的危機，他的第一反應是聯合我的助理——也就是我的舅媽，兩人捲款私逃，在我父母空難去世之後，還帶走了所有能帶走的錢和珠寶古董。」

助理小錢表示，這種秘辛知道了會不會被滅口啊！QAQ 祁避夏的悲慘往事什麼的他真是一點都不想知道！

祁避夏認真的說：「我告訴你這些，不是為了讓你同情我，只是想讓你明白一個好的經紀人的重要性。從那以後我就很難再相信身邊的人，因為背叛我的是我的親舅舅和舅媽，我也報復了回去，利用白家的權勢，讓他們過得很淒慘。但即便報復了又能怎麼樣呢？傷害依舊存在。我不想你也體會一次。所以你要入演藝圈，除非我當你的經紀人，否則我寧可親自阻止你踏入這個圈子。我說到做到。」

最後，說服祁避夏改變主意的人只能是他的好基友裴越。

誰也不知道裴越把祁避夏拉進屋子裡說了什麼，又或者做了什麼，反正等他們兩個再次出現在幾人面前的時候，祁避夏就鄭重的對阿羅表示：「剛剛是我犯渾了，無論如何，都希望你能別介意，以後謙寶就拜託你了。」

雖然阿羅很想拿喬的說「我想帶祁謙的時候你不讓我帶，現在又想起我了？晚了！」，但最後這句話也只是在他肚子裡轉一圈之後就變成了欣然同意。因為阿羅太瞭解祁避夏，他要是敢說「晚了，老子不帶了」，祁避夏就敢說「太好了，那還是我來吧」。

多一棵搖錢樹，還是少兩棵搖錢樹，這麼簡單的算術問題是個人都知道該如何抉擇。至於心底裡那點對祁避夏的不痛快，呵呵，祁避夏讓他受的氣還少嗎？所謂經紀人，就是忍常人所不能忍，方能成大器啊。

阿羅在自己的記事本上寫下，接下來半年內要讓祁避夏變得忙碌起來才行，省得他整天沒事幹胡思亂想。嗯，就這麼愉快的決定了吧。=V=

助理小錢心道一句「不好，有殺氣」，之後就默默的退離阿羅半步，在自己的私人微博寫下：「#我的上司都是蠢蛋#三老闆永遠都不明白不作死就不會死這個真理，又一次得罪了二老闆，我彷彿已能看到二老闆身後具像化出來的黑霧了。〔蠟燭〕〔蠟燭〕〔蠟燭〕」

因為簽過很嚴格的保密合約，小錢不能對任何人說他是祁避夏的助理，哪怕是他的父母和親朋好友也只知道他在白齊娛樂工作，更加具體的細節就不得而知了。

明知道「外界酷帥狂霸跩到沒朋友的祁避夏其實私下裡是個蠢蛋」這種能驚掉別人下巴的秘密卻不能說的苦有幾人懂？嗯？幾人懂？甚至小錢都不被允許在日記裡寫涉及到祁避夏的事情，因為這違反合約中「不能記錄祁避夏日常生活」的那一條。

於是，以免自己真的被憋死，小錢悄悄在微博上註冊了一個不關注什麼人，也不被什麼人關注的帳號，用老闆代稱，寫一些模稜兩可、別人絕對聯想不到他身上的事情。

好比剛剛那種。明知道祁避夏會死得很慘卻不能提示，除非他也想被阿羅株連。於是，為了彰顯一下自己的慧眼如炬，小錢就在微博上點了個蠟。至於像祁避夏突然有了個私生子這種很敏感的資訊，小錢是絕不敢在微博上胡亂寫的。

那邊阿羅同步悄悄關注著小錢帳號的發文，掃了一眼發現沒什麼敏感資訊，這才安心繼續假裝不知道這件事。

好老闆就是要這樣張弛有度，給員工足夠的發言空間，卻其實什麼都一清二楚。

——不過，小錢你竟然還有空給祁避夏點蠟，呵呵，你難道以為祁避夏忙的時候，身為助理的你就能很閒？呵呵，即便本來應該很閒，現在也不會閒了。

阿羅面色不變，抬手托了托眼鏡。

◎◆◎◆◎◆◎

「你跟他說了什麼？」祁謙等晚上人都走了之後，好奇的對裴越問道。

他也不算是好奇心作祟，只是想找到能對付祁避夏的辦法，免得他日後再異想天開。最好是能找到祁避夏的弱點，然後把營養師開除！

「只有他一直紅著，保持著演藝圈裡的影響力，才能更好的幫助你。」裴越一本正經的回答。

「哄鬼呢？」祁謙才不信裴越說了這麼一句就能輕易說服此前表現十分堅定的祁避夏，祁避夏平時看著很好說話，但要是固執起來卻是九頭牛都拉不回來的。

「嗯，哄你呢。」裴越壞笑道。

「殺了你喲。」祁謙用充滿殺氣的表情看著裴越。

裴越卻沒再像往常一樣繼續開玩笑，反倒是面色一僵，脫口而出：「大哥。」

裴越的大哥裴卓，以前也愛這麼跟他開這種讓人心驚肉跳的玩笑，用最溫柔的笑意說出最恐怖的話。

「什麼？」祁謙疑惑的看著裘越。

既然已經說到這裡了，裘越也不想再忍下去。他正色道：「你是我大哥的兒子嗎？」

「你大哥？誰？」祁謙眨眨眼，一臉茫然的表示他完全不理解裘越在說什麼。

「別裝了，我大哥叫裘卓，有印象嗎？到底你是他的兒子，還是你的好友除夕是？」

「都不是。你忘記你告訴過我，你大哥死在十年前了嗎？」

祁謙的心其實也跟著「咯登」了一聲，他就知道，除夕和白秋小時候長得那麼像根本不可能是巧合！引發裘越叫大哥的那句「殺了你喲」，他是跟除夕學來的。但祁謙最後還是決定先不動聲色的把裘越知道的全部套出來，之後再說其他。

「我也是前不久才知道，我大哥十年前有可能是假死。而且即便我大哥真死了，他當時也有可能已經有了一個正在孕育中的兒子。準確的說，正是因為我大哥有了這個還沒出生的兒子，他才萌生了假死的想法。」

裘越越說越亂，因為連他自己都不知道真相到底是如何，但是祁謙卻意外的聽懂了裘越的話。

祁謙的光腦 2B250 曾說過，它測了除夕的骨齡，他應該是十歲，而不是他自己所說的七歲。換句話說就是除夕隱瞞了自己的真實年齡，又或者有人故意對他灌輸錯誤的年齡認知。但是為什麼呢？祁謙一直想不明白，現在，一大波真相終於逼近了。

「你慢慢說，別著急。」

於是，裴越就不那麼著急的把齊雲軒告訴他的真相和推測，一股腦的對祁謙和盤托出。等他說得口乾舌燥，喝了一口祁謙遞上來的蘇打水之後，他才後知後覺的意識到：臥槽，我為什麼要把這些事跟祁謙說？！眼前這還是個六歲的孩子吧？！

祁謙一臉嫌棄的看著在替他解惑之後就已經沒什麼用處的裴越，「愚蠢的地球人啊，剩下的時間就交給你們三個人聊吧，我的 bedtime 到了。」

每天晚上九點，是兒童醫生建議的學齡前兒童最合理的上床時間。

「三個人？」裴越回頭，正眼對上了一臉尷尬的祁避夏，和不知道該說什麼的齊雲軒。裴越一下子就從他們的表情裡明白了真相，「你們早就知道祁謙不是我大哥的兒子，你們騙我？！」

祁避夏：「我們只是想你冷靜點，不主動去送死。我們也沒想到你會直接問謙寶。」

「因為我怕如果祁謙是我大哥的兒子，那被埃斯波西托抓去洗腦的就會是你兒子！所以無論如何我都想要早點搞清楚這件事情，然後好決定要不要告訴你，以及什麼時候去救那孩子！沒想到……哈，你當然能冷靜，被洗腦的不是你兒子，是我大哥的兒子！」

裴越覺得他都快被氣瘋了，他的好友和戀人聯手來騙他，打著對他好的旗號。

祁避夏臉上的表情更加愧疚了，易地而處，他要是被人這麼騙了，想必也會很生氣的。可有些時候就是如此，明知道做了有可能會被對方厭惡，卻還是不得不做，這是他從撫養祁謙身上才學會的經驗。

好比為了祁謙的身體著想，哪怕祁謙討厭他，他也不會開除營養師。

「第一，我們還不確定那個叫除夕的孩子是不是你大哥的兒子，不過我們在私下裡已經著手比對DNA了。第二，即便比對結果還沒出來，我們也已經在秘密尋找那個孩子了，我們就是怕你有現在的反應壞了事，才不敢告訴你真相。」齊雲軒早就料到會有這麼一天，雖然比他預計的早了很多，但他還是準備好了堵住裴越嘴的解釋。

「但這不是你們騙我的理由。我也可以很冷靜，我也不想死好嗎？我有知情權！孩子正在危險中，你們明白嗎？還是說反正不是你們家的孩子，所以你們不心疼？」

祁謙本不打算摻和這件事，但看著祁避夏也在裴越的指責行列，他又有點於心不忍了。祁避夏只有裴越這一個真正的朋友，祁謙很清楚祁避夏對裴越的重視，於是在上到一半臺階後，祁謙還是開口了：「如果你們要找的裴越大哥的兒子是指除夕的話，我能說的是他很安全，沒被誰抓走。祁避夏也知道，只是他答應了我不跟任何人說。所以你們不用再吵了。」

說完，不等傻住的三人再問，祁謙已經用最快的速度返回了自己的房間裡，反鎖房門，拒絕再回答任何問題。

「你早就知道除夕是安全的？」

這次輪到裴越和齊雲軒一起質問祁避夏了。

祁避夏當然是不知道的，但是他很快就明白了祁謙的意思，於是他順著祁謙的話說了下去：「謙寶不讓我跟你們說，我能怎麼辦？那正是我和謙寶建立信任關係的關鍵時刻。而且我其實知道的也不多，只知道除夕很安全，至於怎麼個安全法，我就不知道了。埃斯波西托家族的少主是誰我也不知道，我只是覺得有可能他們以為他們抓到的就是裴卓的兒子，如果我們這邊不放棄尋找，那麼他們就不會有所懷疑，進而威脅到除夕。」

「所以你利用了我？」齊雲軒看著祁避夏，只能認栽。

所有人都覺得祁避夏是個蠢蛋，但沒有誰是真正傻的，包括祁避夏，只是他一般不愛把那套用在家人身上。但如果祁避夏想騙一個人，總是很容易得手，他當年紅遍全球靠的可不僅僅是臉。

「也不算利用，我只是怕如果你知道了真相，演得就不像了。」祁避夏對齊雲軒說道。

「那麼，除夕到底在哪裡？」

◎◆◎◆◎◆◎

除夕當然還在祁謙的泰迪熊裡。

祁謙再一次變化了泰迪熊的形狀，露出了駕駛艙裡正躺在治療艙中進行改造的除夕。

黑髮男孩的面容其實並沒有精緻到多麼驚天動地，一如白秋，頂多只能用清秀來形容。但大概裴家人都是如此——以氣質取勝。而當除夕睜開那雙如寶石般的雙眸時，總會給人一種那裡彷彿充滿了堅毅與不屈的神彩，無論到了何種境地他都不會被打倒，永遠是可靠的、值得信賴的。

月光下，祁謙用尾巴小心翼翼蹭著除夕安睡的面容，小聲的對他說：「我不知道我做的對不對，為了保證你的安全，我發過誓，在你沒醒來之前不對別人透露半點你的資訊，但是祁避夏……」

祁避夏不是別人。

「……我幫你找到你爸爸了，你絕對想不到你的過去有多神奇。」

十年前，白秋還是個和白家養父母關係緊張的小可憐，並不知道自己的親大哥就是自帶止小兒夜啼效果的裴爺；祁避夏卻已是紅遍全球的知名童星，和父母還有經紀人舅舅共同生活在另外一座繁華的城市，沒有簽約白齊娛樂，和白家的關係僅限於互相知道名字的親戚，和齊家基本上等於不認識，除了曾因常戚戚中間牽線，演出了三木水的《孤兒》這點。

某天，齊雲靜拿著《孤兒》首映五週年的邀請卡，對齊雲軒炫耀道：「我朋友常戚戚的表弟是《孤兒》的編劇三木水，《孤兒》搞了一個很低調的首映五週年紀念會，只有真正的死忠粉能參加，有沒有興趣陪我一起去？」

齊雲軒很想說沒興趣，但他根本拒絕不了從小就強勢的二堂姐齊雲靜。

等後來齊雲軒回想時，他是這麼對裴越說的：「這大概就是所謂的命運。如果常戚戚不是祁避夏的腦殘粉，我的二堂姐不是一個徹頭徹尾的蕾絲邊，那我也不會在那次紀念會上發現一些現在跟你說的事情。」

見面會因為祁避夏的出現引起了不小的騷動，齊雲靜出手扶住了旁邊一個差點摔倒的女性，進而攀談起來。

據齊雲靜事後回憶，她當時之所以扶那個女人，是因為她覺得對方長得漂亮。

但當時那位漂亮的女士可不知道齊雲靜是處於什麼樣的心態扶了她——甚至連齊雲靜那個時候都不太確定自己的性向——她只是很感謝齊雲靜的幫助，因為她懷孕了，雖然那個時候還沒有顯懷，但要是重重的摔一下，後果根本不敢想。

等那位漂亮女士的丈夫從洗手間過來的時候，也是再三對齊雲靜姐弟表達了感激之情，氣氛十分和諧。

紀念會後，齊雲靜姐弟就和那對夫妻笑著道別，想著或許再也不會相遇。結果第二天他們再一次聚首了，在裴爺正式認了白秋這個弟弟的家宴上。

裴爺一臉驕傲的對白秋介紹：「這是我的大兒子裴卓，還沒結婚。」

隨白言一起來赴宴的齊雲軒，一眼就認出了裴卓正是昨晚那個自稱妻子懷孕的男人。

事後裴卓單獨與齊雲軒進行了溝通，希望齊雲軒能夠隱瞞此事，並表示他會儘快解決。齊雲軒以為裴卓當時說的解決辦法不外乎兩種，把那位女士有孕的消息告訴裴爺，然後舉行婚禮，又或者打掉孩子，給錢了事。

結果一個星期之後，齊雲軒卻得到了裴卓身亡的消息。

齊雲軒第一反應就是透過白秋，把他所知的那個有可能懷了裴卓孩子的女人的消息告訴裴爺，但等裴爺派人去查的時候，那女人已經杳無音信，消失在了人海裡。

裴爺覺得這是一個針對裴卓的陰謀，所以被重重保鏢保護的裴卓才會死，而那個完成了任務的女人自然就功成身退了。

事情告一段落，連齊雲軒都相信了他發現的是一個陰謀，而不是裴卓遺落在外的骨血。

直至那之後的第三年，白雲蒼狗，世事無常，祁避夏轉型失敗，父母空難去世，又遭赫拉克勒斯挑釁陷害，第一次因為負面報導而登上了各大媒體的頭條。

祁避夏的粉絲分成了兩派，一派表示對祁避夏失望透了，覺得他是又一個被過度曝光毀了的孩子；另外一派粉絲則堅持認為這不過是商業電影之間為了競爭而故意搞出來的噱頭。兩派粉絲在網路上掀起了歷時好幾個月的罵戰，熱度始終消褪不去，後來支持祁避夏的粉絲還賭氣似的自發組織起來，去電影院支持祁避夏轉型失敗的電影。

齊雲軒和他的二堂姐齊雲靜也跟著去支持了幾次票房——在常戚戚的強烈要求下。

雖然現在的常戚戚對祁避夏各種調侃、鄙視，但那也不過是因愛生恨的表現。愛之深、責之切，常戚戚過去有多喜歡祁避夏，後來就有多厭惡真的墮落了的祁避夏。不過，她也就是打打嘴仗，並不會真的做出什麼事來表達自己的不滿。

就在某次粉絲組織的集體觀影裡，齊雲軒再次遇到了三年前疑似懷了裴卓孩子的女人。

這次注意到她的人換成了常戚戚，她說：「看，那邊有個美女。」

……要不怎說齊雲靜和常戚戚會成為一對呢？她們看女人的品味十分相似。

當時那位美女手裡還抱著一個兩、三歲大的男孩，在她的身邊則站著一個背影很像裴卓的男人，本應該「死」了三年的男人。

如果這三個人單獨出現在齊雲軒眼前，都不會讓他懷疑什麼，可是三個人站在一起的場面就實在是太過震撼。

很多個巧合湊在一起就變成了必然——裘卓假死，帶著妻子和孩子隱姓埋名，開始了新的生活。

祁謙看著躺在治療艙裡的除夕道：「你那個時候聽起來很幸福，我都有點不知道該不該跟你繼續講下去了。」

「講。」突然，躺在治療艙裡的除夕艱難的睜開了自己的眼睛，用不容拒絕的口吻對祁謙說道。

「你醒啦？」祁謙驚喜的看向除夕。

「第一階段的改造完成了。我聽到你在跟我說話，於是就醒了。但我的時間不多。你別擔心，我會為了你儘快好起來。」除夕努力的對祁謙撐起一個微笑，他在試圖告訴祁謙：你看，我很好，別擔心，這不是你的錯。

雖然祁謙從未說過，但他對讓除夕虛不受補這件事情一直是耿耿於懷的。他很後悔，他從未把他的尾巴給過別人，要是當時他先拿祁避夏試驗就好了……也不對，也不能拿祁避夏來試驗……

「我沒事，我想聽你說我的爸爸媽媽。」

祁謙這才高興的把他從裘越那裡聽來的消息，開始一字不漏的對除夕重複道。

在分散祁謙的注意力這方面，除夕一向很有一手。他緊緊的盯著祁謙，哪怕強行睜開眼睛令他渾身都痛苦極了，他還是不想就這麼閉上，因為面前的人可是祁謙啊，他怎麼看都看不夠的人。

除夕的上輩子裡沒有祁謙，但當他充滿屈辱的死去之後，他遇到了祁謙。

祁謙之所以來到地球，是因為他在α星時無意中捲入愛因斯坦．羅森橋（注：蟲洞），從灰道穿過，白洞而出，引發了強烈的時間和空間的扭曲。而除夕則帶著記憶重生，回到他還在B洲L市孤兒院的時候。

藏在幼兒時代帶人來偷鋼材的廢棄兵工廠裡，除夕滿含無限的憤怒和不甘睜開了自己的眼睛，那時他稚嫩的身體裡已經是一個成年人的靈魂了。他看到了眼前一片白光，白光中傳來了彷彿艙門打開的機械聲，當煙霧散開，終於露出艙門之後漂亮到彷彿不像真人的少年，而少年的身後則肆意張揚著四條白色的蓬鬆尾巴。

——九尾狐？

這是除夕的第一反應。緊接著他就想著：看到這一切的我不會又要死一次了吧？

等除夕被對方的尾巴捲到對方身邊時，他聽到對方用一種他說不出來、卻能聽懂的奇怪語言溫柔的說：「別怕。我不會傷害幼崽的，即便你沒有尾巴，我也不會嫌棄你。」

鬼使神差的，除夕對著那個少年張開了雙臂，做出了一個祈求擁抱的動作。

少年在短暫的遲疑過後，選擇了抱住除夕。

除夕也不知道自己為什麼會這麼做，只是在經過上一世一連串的打擊和痛苦之後，他急需一個人來擁抱。不管對方是神也好，鬼也罷，哪怕是外星人呢，那聲音是他這麼多年來頭一次遇到的溫柔。哪怕是下一秒會再次被對方殺死，他也還是想擁抱那份溫暖。

孤兒，又或者是從小與父母不親近的孩子，很容易得一種名為皮膚飢渴症的心理疾病。經歷過死而復生、重來一次的除夕，在最脆弱的時候再次迸發了那樣強烈的渴望，如飛蛾撲火，心甘情願。

新曆四五三年十月初，重生的除夕就這樣開始了他和剛來到地球的祁謙之間的故事。

新曆四五四年七月仲夏夜，祁謙則在認真的對除夕講著他的身世。

除夕突然好像預感到了什麼，他掙扎著抬起手，對祁謙說：「抱抱我，好不好？」讓他再感受一次當時的溫暖與滿足。

「我們剛剛說到哪裡了？」擁抱過除夕之後，祁謙繼續盡職盡責的對除夕講他的身世。

除夕笑了笑，不知道為什麼，總感覺這麼一本正經的祁謙特別可愛，「你說齊雲軒在發現了疑似我父親的人那天，被白言一通臨時電話叫走了，沒能上前和我父親說話。」

「對、對，齊雲軒被叫走了……」

就在那天，那間電影院裡，其實不僅發生了齊雲軒巧遇死而復生的裴卓一事，還發生了影響祁避夏一生的事——極端的 ANTI 粉為表達對祁避夏的不滿，飲彈自殺。

「但那其實並不是簡單的自殺事件，而是謀殺。齊雲軒說，他從白言對埃斯波西托家族的調查報告裡看到，那件事的媒體炒作與埃斯波西托家族脫不了關係。所以齊雲軒說祁避夏完全是躺槍，埃斯波西托家族只是想利用祁避夏的巨大影響，將焦點集中在祁避夏身上，好不讓人發現隱藏在背後的故事。」

「我父親就是那個被炸死的『極端粉絲』。」除夕篤定道，「埃斯波西托家族真是恨透了裴家，哪怕是假死的人也不放過。玩不過裴爺，就對子孫下手，真有他們的。」

「你知道這件事？」祁謙睜大眼睛看著除夕。

除夕搖搖頭，他雖然是重生的，後來又被接回了裴家，但很多關於他父親的往事他知道的其實也不多，他只是……

「我聽我母親說過，我父親死於爆炸。」

齊雲軒能發現被炸得什麼都不剩的人是裴卓，靠的是推測。他找到了當年事發後的所有新聞報導，然後在某一張照片裡看到了一個抱著孩子跌坐在災難現場的女人。照片很模糊，看不清女人的臉，卻能讓人感覺到照片裡女人的悲痛與絕望。齊雲軒憑著女人懷裡孩子身上的連身動物服，才確定了女人的身分。

「如果我將來有了孩子，我一定也要試試給孩子那麼打扮。」

這是常戚戚當年說過的話。齊雲軒能記住，是因為常戚戚在很多年後真的給蛋糕找了一身一模一樣的衣服。

這個時候，門外傳來了祁避夏的敲門聲。

「謙寶，開門。爸爸知道你想保護你的朋友，但如果這一切都是真的，背後所牽扯的事情根本不是你一個小孩子就能搞定的。聽話，我們人多力量大，一起想辦法，好不好？」

「等你們確定了除夕到底是不是裴卓的兒子之後再跟我商量吧。」祁謙大聲拖延道。

沒過一會兒，祁避夏從門縫中塞進來一張薄薄的列印紙，他說：「其實ＤＮＡ鑑定今天就出來了，齊雲軒大半夜來找我的目的就是為了告訴我這個，除夕真的是裴卓的兒子。」

祁避夏當初尋找到祁謙時，從那間孤兒院的銘牌上檢查出了兩種ＤＮＡ，一個屬於祁謙，一個自然就屬於沒有被改造之前的除夕，用那份資料跟裴越的大哥裴卓沒死之前的ＤＮＡ存底一對比，真相一下子就大白了。

「你真的是裴卓的兒子。」祁謙用尾巴勾過親子鑑定拿給除夕看。

「我知道。」除夕不甚在意道。對此他毫不意外，他上一世就已經知道了，而他關注的焦點是——

「抱歉，之前有件事我一直沒告訴你，我是重生的。你理解重生的意思嗎？」

「動畫裡有。」祁謙點點頭，若有所思的看著除夕，「怪不得你以前總能對未來的事情那麼篤定。」無論是孤兒院的奶粉也好，偷鋼材換錢能拿到的最高價錢也罷，甚至包括那句世界盃之後就能賺大錢了。

「你知道祁避夏會被綁架，所以才會特意在那晚帶我去救他？」

「上一世我誤打誤撞救了祁避夏。你也知道，他被綁架的那個兵工廠是我們藏鋼材的倉庫。祁避夏為報答我的救命之恩，將我接到ＬＶ市盡心照顧，說會一直資助我到成年。我很感激他，可惜……後來發生了很多事，我並沒有和祁避夏待在一起太久就離開了。所以我才會讓你去救他，他會照顧好你的。不過那一世他倒是沒有認我當兒子，只是把我當恩人。」

「那孤兒院的大火？」再沒有誰比祁謙更清楚除夕對孤兒院那些孩子的重視程度了。

「他們都沒事，我早已經聯絡了我爸爸可信的舊部黑子，他上一世為保護我而死。聯絡到他花了我不少時間，幸而在火災之前還是聯絡上了。可惜人手有限，他也沒什麼錢……怕被裴爺發現，他一直隱姓埋名悄悄的尋找我和我媽媽。」

「我和他商量好分頭行動，我帶著身高不高，不容易被人發現的你和七夕去救祁避夏，他帶著他的兄弟在火災還沒有太大前去救孤兒院裡的孩子，並偽造一些火災之後的殘骸，黑子對這個得心應手。」

「真要感謝埃斯波西托家族在事後毀了孤兒院的資料，大家應該都已經換了名字在別的地方重新開始生活了。我剛剛讓 2B250 透過網路聯絡上黑子，告訴他我沒事，只是受傷住院了，醫院的具體地址為了安全我不能告訴他，但你會照顧好我。在沒有我聯絡他之前，他會再次蟄伏起來，一邊照顧孤兒院的孩子，一邊等待我。」

「對了，我能跟你先借點錢給黑子和孤兒院的大家嗎？黑子真的沒多少錢了。」

祁謙毫不猶豫拿出了自己的白卡副卡，「隨意刷。」

「我會直接讓 2B250 從網路上操作的。謝謝，我以後……」

「如果你敢說以後會還我的這種話，我就不給你了。」祁謙直接打斷了除夕的話，這個回答自然是他跟祁避夏學來的，他覺得挺管用的。

「嗯，你的錢就是我的，我的錢也是你的。」除夕怎麼都止不住自己上揚的嘴角，他喜歡這種彷彿和祁謙親密無間的感覺。

「準確的說，我給你的錢其實是祁避夏的。不過我以後會還給他的。」

祁謙在除夕面前和面對別人時是不同的，很不同，最明顯的變化就是祁謙的話會變得多起來，表情也會十分鮮活。

「我已經找到既能積蓄尾巴能量，又能賺很多錢的辦法了，我很厲害吧？」

「你是最厲害的。」除夕說得十分發自肺腑，眼神裡的溫柔濃郁得彷彿都能溢出來。

祁謙昂起頭，有點小得意。以前一直都是除夕在照顧他，在考慮賺錢、生活的事情，他雖然很享受這種被人記掛著、無微不至的照顧著的感覺，但他也會想去照顧除夕，去替除夕考慮，變成那個很可靠的存在。

「祁避夏告訴我說，感情最美好的地方就是會為了對方而想要變得更好，更強大。我現在有點理解他的意思了。」

除夕微笑著，近乎貪婪的看著祁謙，當初安排祁謙被祁避夏照顧真是一個正確的主意。不知不覺間，祁避夏已經改變了祁謙這麼多，他不再是一開始那個與世界格格不入，彷彿隨時都能抽身離開的祁謙了。

最重要的是，祁避夏讓祁謙變得很快樂。

「你很喜歡祁避夏？」除夕對祁謙戲謔道。

「是啊，很喜歡。」祁謙大方承認。

除夕一噎，說好的彆扭的說「誰、誰喜歡他啦，才不喜歡呢」這種三無傲嬌屬性呢？這不科學！

「不過我最喜歡的還是你！」祁謙笑著把自己的話說完。

被祁謙猛然這麼一說，除夕反而鬧了個紅臉，連耳尖都紅得像是幾欲滴血，如晶瑩剔透的紅翡翠。

「你不怪我瞞著你我是重生的事？」除夕最終小心翼翼的找到了別的話題。

這世界上他最不想傷害的人就是祁謙，他本想著等用賺來的錢賭贏世界盃之後再告訴祁謙這些事，畢竟當時的祁謙對地球真的是一片茫然，即便他跟祁謙說了他是重生的，祁謙可能也不會理解他的意思。

祁謙很是奇怪的看著除夕，「你要我怪你什麼？你重生與否都是你啊。還是你想告訴我說，你是在改造之後才重生的？」

「不、不，我重生的時間就是遇到你的那天。」

「那不就得了。」祁謙聳肩笑了，明眸皓齒，一臉坦蕩的說道：「我遇到的是你，認識的是你，喜歡的還是你，我為什麼要怪你？」

除夕怔怔的看著祁謙，那張臉總是容易讓他看得出神，帶給他無限驚喜。

「那我們現在應該怎麼做？我帶你出去見裴越？」

「不，你不能暴露這些。」除夕指了指駕駛艙，「這是你最後的底牌了，記得嗎？你答應過我的，除了我，不會再跟任何人說這些。包括祁避夏。」

祁謙苦惱的看著除夕，「我知道人心險惡，不得不防……但就像是你告訴了我你重生的事，這也是你的底牌，對吧？你可以告訴我，我為什麼不能告訴祁避夏？」

如果不是這次除夕醒來，想必不久之後祁謙就會對祁避夏主動交代了，祁避夏對他真的太好了。

「因為你對我來說不一樣！」除夕脫口而出。

「嗯？」祁謙歪頭，對除夕的意思有點理解不能。

「你對祁避夏只是喜歡，因為他對你很好。而我對你……你……全世界我最愛你了，你明白嗎？你是獨一無二的，哪怕到最後被你背叛了、傷害了，我也認了。」

祁謙出現的時機太巧，巧到再沒有人、再沒有時間能複製除夕當時的感覺。

除夕總說祁謙之所以依賴他是因為雛鳥情節，但除夕一直無條件的照顧著對地球一無所知的祁謙，又何嘗不是一種雛鳥情節呢？那是在他被傷害最深、最落魄的時候，對他張開溫暖懷抱的人。

那一剎，便是永恆。

「我也、全世界最愛你了。」

祁謙學著除夕的話，再一次不倫不類的表達著自己對除夕的喜歡之情，雖然他所說的和除夕所說的並不是同一種感情。

除夕卻覺得很滿足，因為這已經比他奢求的更好了，「如果你最愛我，就答應我，不要把這些事告訴任何人。」

「好。」祁謙伸出小拇指勾住了除夕的小拇指，「我們說定了。」

除夕盡自己最大的力氣才終於晃動了小指，「嗯，我們說定了。至於我的事情，你這麼跟他們說，那晚我受傷了，但幸而我父親以前的舊部黑子在那天找到了我，並救走了我。你也不知道我在哪裡、如何聯絡，只知道我很安全。而我答應過你，會每隔一段時間寄給你一些我的照片。」

「怎麼寄？」

「2B250剛剛已經搞定了，你的電子信箱裡會有此前幾個月我就已經寄給你的照片，直至我醒來之前，你還會定期收到我漸漸長大的照片。」

就像2B250為祁謙捏造了一系列兒童時期的照片一樣，在剛剛除夕和祁謙說話的時候，2B250已經為除夕捏造了從現在開始直至成年的所有成長照，以防萬一，畢竟誰也不確定除夕的改造什麼時候能成功。

那些照片一式兩份，還會寄給黑子一份。以2B250高於地球N個世紀的技術，永遠都不會有人查到那些電子郵件的來源處。

之後除夕就再一次緩緩閉上了眼睛，他最後對祁謙說：「期待我們再一次的相遇。」

×月○日　第十一篇日記

頭一遭被綁架

祁謙緊緊的握著除夕的手，雖然很捨不得，但他也知道這是為了除夕好，他必須放手。

看著治療艙再次在他眼前合上，祁謙安慰自己，地球人講究只爭朝夕，是因為地球人壽命不過百年，他的壽命還很長，等除夕再醒來時，他們會擁有無窮無盡的時間。

「主人、主人，您有沒有想我？！」一個過於歡快的聲音從駕駛艙的發聲器裡傳來。

「想你什麼？如何偷用我的能量？」祁謙再一次恢復了他的標準表情——沒有表情。

光腦 2B250 被祁謙裝到了除夕的身體裡，好隨時監控除夕在改造過程中的身體變化。而除夕的身體連結著治療艙，治療艙連結著駕駛艙，2B250 想和祁謙交流的話，靠著駕駛艙的發聲系統就能完成，但那卻需要耗費祁謙的大量能量。

「我只是想恭喜您重新又長回了兩條尾巴。您剛剛和除夕說話的時候都沒提到我，我覺得也許是您忘記了，所以……」

「沒忘。就是單純不想和你說話。」

「您不愛我了……QAQ」

「從沒愛過，謝謝。」祁謙毫不留情道。

祁謙的光腦 2B250 型，在 α 星是被奚落為只能在博物館裡找到的老古董。在祁謙出生那年，由基地免費統一為他們那批孤兒安裝。孤兒的數量太多，自然無法獲得什麼好光腦。2B250 充分貫徹了它名字裡既蠢又二百五的精神，還特別耗能量，但凡是個有點錢的 α 星人就絕不會選擇它。

為了賺夠錢換個最好的光腦，祁謙才會一直忍耐 2B250 到今天。

但祁謙萬萬沒想到，他會和 2B250 一起穿越時空到地球，而在 α 星屢遭嫌棄的 2B250，卻能在地球的網路上暢通無阻，所向披靡。

「地球人都弱爆了！」2B250 在初到地球時這樣對祁謙說，「總感覺被騙了呢，這些外星人和基地裡的專家教授們說的一點都不一樣！說好的怪物異形，智商爆表呢？即便不能動動手指就毀滅一個星系，多少也該對得起一下『深不可測的外星智慧生物』這個稱呼吧？不過這對於主人您來說倒是很有利，以後的生存難度會是輕鬆模式，So easy。」

很顯然，2B250 當時並沒有意識到，也許對於地球人來說，祁謙才是那個需要提防的武力值強橫的「深不可測的外星智慧生物」。

「能被這樣的你輕鬆入侵、竊取情報，還追查不到，地球人確實挺弱的。」

「就是就是……等等，『這樣的我』是什麼意思？！我就知道，您還在心心念念那個新出來的 1D500 型是不是？您怎麼能始亂終棄呢！QAQ 您還記得是誰在您剛出生一分錢都沒有的情況下就開始照顧您了嗎？又是誰無怨無悔的陪您一起在炮火中成長起來的？以及是誰幫助您成功迫降地球而不是變成宇宙塵埃的？！」

「照顧我的是基地孤兒院。陪我長大的是孤兒院裡的阿姨。使我迫降地球的是基地配置給我的私人飛船。」祁謙一一回答。

「……這不容置疑的氣魄，真不愧是我的主人！」↑毫不猶豫轉為糖衣炮彈攻勢的狗腿光腦。

「等我賺夠錢就換掉你。」↑絲毫沒被光腦的甜言蜜語所打動的祁謙。

現在，祁謙估摸他大概這輩子都換不掉 2B250 了。

「即便您對我各種不好，但我還是發自真心的愛著您喲～」

2B250 這個型號的光腦有種種不好，唯一的優點就是足夠忠心，又或者可以反過來說，正是因為它當初出產前被下達了太多的限制令，才會造成它如今讓人雞皮疙瘩掉一地的奇葩性格。

在例行和光腦玩過「各種馬屁」和「各種嫌棄」的遊戲之後，2B250 悄悄挪用的屬於祁謙的能量也終於要走到盡頭了。它抓緊時間把除夕在沉睡之前沒來得及告訴祁謙的口信一一轉達。

「除夕說要您小心埃斯波西托家族，如果七夕還活著，要一起小心；祁避夏是個蠢蛋，可以相信；裴越總愛用最大的惡意揣測這個世界，但幸好他也是個蠢蛋，不足為懼；白言沒什麼可怕的，抬出來白秋就能輕鬆碾死他；至於齊雲軒，他人也還行，唯一需要警惕的是不要摻和進他與裴越的那堆破事裡，他們倆分久必合、合久必分，摻和進去的人都沒好下場，無論是勸和，還是勸分。」

「好的，我知道了。幫我告訴除夕，我幫他要到了費爾南多的球衣和簽名。」

除夕陷入沉睡之後，安裝在除夕身體裡的 2B250 還能透過潛意識與之交流，而 2B250 又可以依託與駕駛艙上的發聲系統和祁謙交流，所以幫雙方傳達一些話還是沒問題的。就是太耗費能量，哪怕是現在有了三條尾巴，祁謙也不敢隨意揮霍。

所以祁謙很清楚，除非他再長出來一條尾巴，否則這就是他和除夕最後一次交流了，他很捨不得，總想要將時間無限拉長。

「您知道時間越長越耗費能量這個真理吧？」2B250 小小聲的提醒道。

「你知道神煩兩個字怎麼寫嗎？」祁謙被 2B250 戳破就惱羞成怒了。

「咳，除夕說，謝謝，以及，讓您賣個好價錢。他之所以在孤兒院裡積存了那麼多費爾南多的海報，不是因為他有多喜歡費爾南多，而是他知道費爾南多會踢進世界盃第五千顆進球，本準備趁著他身價大漲的時候賣紀念版海報。」

作為一個重生人士，除夕自然也不能免俗的要利用所知的未來大撈特撈，可惜計畫還沒有施展，他就沉睡過去了。

再之後，他們之間的交流就被強行用鑰匙打開門的祁避夏打斷了。

祁避夏進門後的第一件事情是開燈，然後問：「你在跟誰說話？」

祁謙抱著熊，奇怪的看著祁避夏，「沒誰。」

「你在跟除夕聯絡？」齊雲軒很敏感的聯想道。

「沒有。」祁謙再次搖頭。

可惜三個大人根本不相信祁謙的話，雖然房裡說話的聲音很小，聽不清到底說了什麼，但他們還是知道裡面有人在說話的。除了打電話以外，他們實在是想不到別的理由，總不會是祁謙在自言自語吧？

「我們真的不是要傷害除夕，我們也想保護他，謙寶，你相信爸爸好不好？又或者你不告訴我們他在哪裡，只告訴我們他好不好，行嗎？」祁避夏懇求道。

「他很好。」祁謙從善如流的回答。

「證明它！」裴越沒控制住脾氣的衝祁謙吼道。

裴越看起來玩世不恭、笑罵世界，但其實他的本質是所有人裡最悲觀的那個，也是最不容易相信人的那個。

「嘿！」沒等祁謙說話，祁避夏先表達了對裴越的不滿。

「抱歉，謙寶，無論你想要什麼我都買給你好不好？一間M記怎麼樣？你想吃多少就吃多少，吃一輩子！祁避夏要是敢阻止你，我就讓人把他轟出去。」裴越利誘道。

雖然祁避夏很想說我兒子是你這種凡人就能利誘的？但等他聽到M記之後，連他自己都不確定祁謙會不會動搖了，「這招也太賤了吧？！絕對不行，你明明知道的，謙寶才剛從醫院出來不久！」

祁謙不得不說，面對M記他真的有點把持不住。但看祁避夏著急的樣子，祁謙最終還是長嘆一聲道：「只要你別在我吃營養餐的時候故意吃速食饞我就成交。」

「說定了！」裴越生怕祁謙反悔，趕忙答應。

「你兒子竟然這麼自覺。」齊雲軒感慨，他一直以為需要嚴格控制飲食的祁謙一定不太好相與，沒想到根本不是那麼回事，祁謙可比祁避夏和裴越省事多了。

「那是。」祁避夏真是得意極了，「不是我自賣自誇，我跟你說，我兒子可乖啦，又聰明又……」

裴越死死的盯著祁避夏：「敢不敢分清一下主次？」

祁謙早已經默默的連結好了他的谷娘眼鏡和房間裡的小型投影儀，並找到了他電子信箱裡已經「閱讀」過的幾個月之前的郵件。發來郵件的人和位址不出意外的都是未知。

郵件裡有一些除夕的近照，他穿著藍白直條的病服，站在綠草地上，笑容燦爛。

照片下面有一段字：我現在很好，勿念。身體正在一點點恢復中，已經能下地走路了。我不知道黑子叔叔帶我養病的地方叫什麼、在哪裡，我只知道這裡的景色很美，藍天碧水，還能游泳。真想你也在這裡。

「我知道黑子，但他不是死了嗎？」

裴越不得不承認，哪怕是沒有祁避夏和齊雲軒給他的親子鑑定，單看除夕那張與白秋小時候有八分像的臉，就已經可以確定除夕的身分了。

另外三個人一起無語的看著裴越。

「怎麼了？」裴越還沒轉過那個彎來。

「黑子是你大哥的貼身保鏢，和你大哥從小一起長大，形影不離。連死亡日期都和你大哥假死的日子是一樣的……你就一點都沒想過黑子也是假死的可能性？」祁避夏看著裴越，莫名有了一種智商上的優越感。

「黑子帶走了除夕，為什麼沒有帶走你？」裴越生硬的轉移了話題。

祁謙微不可查的愣了一下，是啊，黑子帶走了除夕，為什麼不帶走他呢？不怎麼會撒謊的外星人在那一瞬有了一點小慌亂。

「呵呵。」齊雲軒和祁避夏一起冷笑。

「你們笑什麼？」裴越感覺自己被笑得毛骨悚然。

「只能說有什麼主人就有什麼屬下。你大哥有了老婆孩子不告訴你，假死也不告訴你，後來孤兒院著火，他們卻只顧得上救你大哥的兒子除夕。自私是烙印在他們靈魂深處的東西。沒帶走謙寶，很奇怪嗎？」齊雲軒諷刺道，在他看來無論什麼理由，虐殺孩子又或者見死不救的人都該下地獄。

「利用謙寶來吸引埃斯波西托家族，好替除夕爭取時間，跟白言做的別無二致嘛。」祁避夏則是這麼認為的，他對祁謙嚴肅的說：「爸爸不喜歡你的朋友，他不好，很不好。」

「除夕沒有那麼做，除夕很好。」祁謙也不知道該怎麼解釋這件事，只能對祁避夏強調除夕很好的這一點。

「就是、就是！你們別在不知道真相前就隨便臆測別人。」裴越跟著起鬨。

「我是在幫你說話，ＯＫ？」齊雲軒冷冷的看著裴越，「你把你大哥當大哥，他把你當弟弟了嗎？」

「做人不要太雙重標準，就允許你猜測別人不好，不允許我們按照事實說話嗎？」祁避夏緊跟著道。在對待兒子的問題上，他永遠都不會退讓半步。

祁謙想起除夕的話，趕忙拉著祁避夏的衣角把他拉了出去，留下足夠的空間給那對冤家吵架玩。

◎◆◎◆◎◆◎

「你別隨便摻和別人的感情。」出房間後，祁謙直言不諱對祁避夏道，「這樣不好。」

「但裴越和齊雲軒不是別人，寶貝，他們都是爸爸的朋友。」祁避夏笑了，蹲下身揉了揉兒子的頭，「爸爸知道你關心我，爸爸很高興。」

「這麼說就是你已經摻和進去了，對吧？」

不等祁謙再說什麼，祁避夏的手機就響了，來自導演月沉。他和三木水是合作多年的好友，也是當年祁避夏主演《孤兒》的導演。

從三木水那裡聽到祁避夏的兒子有意演電影之後，月沉就迫不及待的打來電話：「我正在拍的新戲《總有那麼幾個人想弄死朕》正缺一個演主角聞欣小時候的演員，戲分不重，對演技沒要求，今年年底、明年年初的賀歲片。有興趣讓你兒子來試試嗎？就當提前體驗了，看他是不是真的適應這一行。」

月沉說得謙虛，什麼隨便演演、戲分不重，這部電影本身就是個搞笑賀歲片，但歷數月沉當導演這二十年來的成就，會發現在他的人生字典裡根本沒有「隨便玩玩」這四個字。

風風雨雨二十年，月沉拍了十七部電影，捧回了一個國際最佳新人、一個小金人的最佳導演、一個小金球的最佳導演、三大國際電影節的各一個最佳導演和無數提名，在別處各式各樣的國際電影節上也有不少斬獲，C國的導演協會甚至都在考慮要不要提前給還不到四十歲的月沉頒發終身成就獎……

無論這些年百花齊放的外國電影市場湧現了多少被吹捧得天花亂墜的名導新銳，C國演藝圈只需要淡淡一句「我們有月沉」，就可以輕鬆讓所有人閉嘴。

十五年前，還頂著最佳新人和新銳導演頭銜的月沉，開始了和小說大神三木水的第一次合作——《孤兒》，主演是童星祁避夏。那部片子分別成就了他們三人在小金人上的最佳導演、最佳編劇以及特別金像獎。

小金人官方當時遺憾的表示，實在是祁避夏年齡太小，否則他們給他的就不是特別金像獎，而是最佳男主角了。當然，後來等祁避夏「墮落」之後，說他的演技名不副實的言論甚囂塵上之後，小金人官方開始暗自慶幸當年沒有真的一時腦熱給出影帝的桂冠。

《孤兒》也成就了月沉、三木水和祁避夏之間特殊的友誼，曾有六、七年的時間他們組成了固定的吸金票房三人組，可惜最後還是因為種種原因分開了。

好比祁避夏從演員到歌手的轉型，也好比三木水和月沉之間的分道揚鑣。

「我已經說過很多次了，我和三木水是至交好友，他的新片《全宇宙最後一個地球人》票房驚人，我為他感到由衷的高興，並在首映會當天就打電話送上了祝福。至於最近關於我後悔得連腸子都青了的流言蜚語，我必須要說，我不明白我要遺憾後悔什麼？《地球人》還在籌拍階段的時候，我就已經和三木水溝通過了，我不會導那部影片。無論它的票房是好是壞，都與我無關！ＯＫ？」

月沉在驅車趕往《總有那麼幾個人想弄死朕》的片場見祁避夏父子之前，是這樣對堵在他家門口的媒體狗仔說的。

從三木水的《地球人》不是由月沉執導的消息傳出去之後，月沉就再也沒有過上一天的安靜時光。

電影還沒開拍之前，媒體炒作他和三木水多年朋友一朝翻臉；電影開拍後、尚未上映的時候，又炒作月沉不看好《地球人》，覺得它太過商業化，甚至斷言電影會慘遭滑鐵盧；等電影上映狂攬幾十億的票房之後，媒體又開始無中生有的說月沉在家中悔不當初，終日以淚洗面……

月沉真的是很想回那些人一句：你是在我家裝了針孔攝影機，還是鑽進過我的腦子裡，怎麼就那麼篤定我在想什麼？

是的，八年前祁避夏退出鐵三角之後，月沉繼續和三木水合作了幾年，拍了幾部電影，但那並不表示他們會合作一輩子。

這些年，月沉把該得的獎都差不多得了之後，就一直在尋求一種突破，一種不一樣的自己，但三木水的《地球人》明顯屬於那種聲勢浩大的商業片，是月沉已經拍膩了的類型，所以他們倆在一番懇談之後，就友好的「分手」了。

但誰能想到，在他們倆看來不過是一次好友之間很平常的各幹各的，卻在國內甚至全世界引發了一場八級大地震，粉絲哭天搶地，媒體上竄下跳，不知道的還以為世界末日了呢。

「只有三木水的結婚對象是森淼，而不是你的時候，才出現過這種情況。」祁避夏這樣打趣。

「呵呵。」月沉和三木水一起這樣回答。

事實上，這次的情況比上次三木水和森淼結婚還要慘烈，哪怕三木水和森淼的孩子蛋糕都五歲了，還是有人在事後第一時間鞭撻森淼當年當小三的不要臉行徑。

「你什麼時候和月沉交往過，我怎麼不知道？」森淼看著網路上的帖子道。

「我也不知道！」三木水指天發誓，他的初戀就是森淼，也不知道為什麼會有那麼多人萌他和月沉的真人配對。

為了平息可以預見的家庭戰爭，「月沉」兩個字變成了他們家的禁語。

而在月沉這邊，「三木水」和「地球人」這兩個詞，差不多也成了讓他生理性厭惡的存在——他是指他和三木水的友誼還在，只是他會很反感從報紙媒體又或者別人口中聽到那兩個詞。

一個努力跟自己較勁，一個拚命賺錢，本來你好我好大家好的事，就這樣在媒體不知疲倦的轟炸下毀了。

「所以在提到他的時候，你最好跟你兒子學，用『徐叔叔』代指，我會感激不盡。」

「徐淩。」

祁避夏表示他這輩子都不會叫三木水「徐叔叔」，哪怕他們剛認識的時候他只有五歲，但三木水當時也不大，只是個少年。

「ＯＫ，『徐淩』我也接受。」

在月沉眼裡，對祁避夏這個忘年交的印象總還停留在十五年前的孩子樣上，哪怕祁避夏已經是一個六歲男孩的爸，他也依舊很難扭轉這種固有的印象。所以在讓對方叫三木水「徐叔叔」的時候，他是完全沒有調侃之意的，他是真的這麼覺得。

祁避夏聳聳肩，「說回你的突破吧，你最後思來想去的結果，就是拍輕鬆搞笑不費腦子的爆米花賀歲片？」

月沉特別嚴肅的點了點頭，「我坐在屋頂想了一夜，什麼叫突破呢？不就是去嘗試自己以前沒嘗試過的東西，去發現自己以前沒發現的新角度嘛。然後我問自己，我還沒拍過什麼題材——文藝？苦情？懸疑？驚悚？哲理？愛情？戰爭？魔幻？動作？不不不，那些我都已經拍過了，還剩下什麼呢？我不斷拷問自己……」

祁避夏一頭黑線的看著進入了某種玄妙狀態的月沉，「我覺得我有個朋友，特別適合介紹給你。」

「你要是敢說心理醫生，我就敢當場抽死你。」月沉死死的盯著祁避夏。

「不不不，你誤會了，是一個叫齊雲軒的朋友，他過去特別小清新，我覺得你們一定會聊得來的。」

「不用了，我已經改變套路了。」

月沉現在要立志當一個蠢蛋……呃，不對，是當一個喜劇導演。

他也是。祁避夏在心裡默默想著，文藝青年向來都只是開始，很少會有人能一如既往下去，只有中二和蠢蛋才是永遠的家啊。

「你可不要小看爆米花電影。這也是需要技術的好嗎！包袱不斷的笑料，又不能過於頻繁，讓觀眾有膩煩的感覺；還要有那種看第一遍讓人一路笑到底，看第二遍有所反思，看第三遍哭到肝腸寸斷的效果；不能只是一味傻笑，要言之有物，笑中帶哭，哭中帶笑，順便置入性行銷自己的世界觀和人生觀。你以為這很容易嗎？」

「不容易。」祁避夏點點頭，順著月沉說道。

「你根本沒聽懂我在說什麼，對嗎？」月沉對祁避夏再瞭解不過，每當祁避夏出現那麼一副好像聞到什麼不好的味道的表情時，就代表他其實根本沒聽懂，可又為了不讓人覺得他智商不夠，就開始毫無意義的附和。

「……對，抱歉。」

「算了，無所謂了。你兒子呢？換個古裝而已，怎麼要這麼長的時間？」

◎◆◎◆◎◆◎

祁謙沒有出現，不是因為換裝時間長，而是因為他被綁架了，穿著戲服被綁架了。

當然，「綁匪」拒絕承認這是一次綁架，他只是笑得十分優雅的對視訊電話那頭的兒子說：「你不回來陪我這個老人家，也不準備製造幾個孫子給我承歡膝下，我只好自己邀請個看得順眼的小朋友來陪我玩，有錯嗎？」

「沒錯。但重點是你邀請人家孩子時，家長同意了嗎？！」裴越在電話旁暴跳如雷。

身著銀色緞面、暗紋吉祥富貴圖唐裝的裴爺裴安之微微一笑，眼神裡盡是狠辣之氣的說道：「就允許你們悄悄瞞著我關於我孫子的事，我就不能也悄悄邀請祁避夏的兒子來一趟了？想要回兒子，可以，拿我孫子來換。如果我得不到我的孫子……」

一切盡在呵呵中。

「你想怎樣？！」裴越不怕死的繼續問道。

「殺了你喲。」裴安之眼角帶笑，彷彿是在看著他最深愛的人，嘴裡卻像是在討論天氣似的輕鬆決定著一個人的生死，沒有人會以為他是在開玩笑，「那麼，再見。」

掛斷電話之後，裴越出了一身冷汗。他終於想起來了，那套溫柔的說出「殺了你喲」的事情根本就是出自他老子裴安之，後來被他大哥學了去，除夕又遺傳了他大哥，再被祁謙學過來……

生活就是一個圈，讓裴越好不容易才忘記的童年陰影再一次鮮活了起來。

通話結束之後，漂亮完美得根本不像是一個會有兩個兒子和一個十歲大孫子的裴爺裴安之，看著眼前鎮定自若抱著泰迪熊的祁謙道：「那麼，我們現在該拿你怎麼辦呢？」

一個古袍，一個唐裝，再加上古香古色的房間裝潢，總讓人產生一種時空穿越感，特別是看到祁謙手上抱著的泰迪熊時。

「他們根本交不出除夕。」祁謙照實回答。

「我知道，我看過你的郵件了，也大概知道了始末。」陽光下，裴安之完美到不像真人的精緻面容彷彿在閃著光，芝蘭玉樹，面如冠玉，無論從哪個角度看，他都好像在用一雙桃花眼深情凝視。

但所有人都知道，那只是個表情而已。

「所以，能不能麻煩你直接把裴熠的地址給我，這樣能省很多事。無論你相信與否，我真的很不想在第一次見我孫子的時候，就給他留下一個殺了他好朋友的糟糕印象。你願意幫我這個可憐的老人家一起完成這個心願嗎？」

「裴熠」是裴安之想了一個晚上才想到的能配得上他孫子的名字，熠熠生輝，像珍寶一般閃耀。

「不願意。」祁謙回答得特別爽快。

整個房間的氣場都隨著裴安之不再假笑的面容陡然一變，讓人體會了一把在七、八月的酷暑下也能恍墜冰窟的透心涼。

站在裴安之身後的一排黑西裝下屬們開始用「深表遺憾」的表情看著祁謙，順便在心裡盤算回家該怎麼跟老婆女兒解釋，妳們喜歡並肯定將來長大了一定能成為國民男神的殿下，大概沒機會長大了。

關鍵時刻，裴安之的手機響了起來……來自《忍者村的戰爭》某個人氣反派的角色歌。

祁謙感覺整個人都不好了。雖然依舊是面無表情抱著自己的泰迪熊，但他此時此刻的內心其實已經徹底變成了「=□=」。怪不得除夕交代他的注意事項裡沒有裴安之的名字，面對這種會用動畫角色歌當手機鈴聲的老大，根本就害怕不起來好嗎！

裴安之倒是挺淡定自若的接起了手機，皺眉道：「又怎麼了？」

打來電話的自然只能是他那個鬧心的二兒子裴越。

裴越氣急敗壞的聲音從手機那頭傳來：「我才反應過來，你竟然派人監視我的生活！你過去不關心我也就算了，你怎麼可以、可以這麼不尊重我的隱私！你太過分了！」

「你不覺得你說話前後很矛盾嗎？」面對兒子的咆哮，裴安之倒是很平靜，可以說他這是泰山崩於前而色不改，也可以說他已經習慣了那個被妻子寵壞了的小兒子。

「哪裡矛盾了？」

「你一方面抱怨我不關心你，一方面又嫌棄我派人監視你……唉，二越，撒嬌也該有個限度，爸爸真的很苦惱呀。」裴安之說得特別認真。

「……你是說你監視我是為了關心我？」邏輯在哪裡啊混蛋！

「是啊。」裴安之有點不明所以的回道。

另一頭裴越的反應是直接摔了手機，之後還像是不解恨似的，跳起來踩了好幾腳。

如果監視就是父愛，那他這輩子大概都理解不了這種愛了，也不想要！

「抱歉，讓你看笑話了。我們剛剛說到哪裡了？對了，裴熠。我再問你一遍，你最好想好了再回答我，ＯＫ？否則我會很不高興。也許你還不知道我是誰，不清楚我曾經、現在以及未來都在做什麼，但相信我，你也不會想知道的。」

裴安之只做了一件收起笑容的事，整個給人的感覺就已經從「我是變態」進化到了「我真的很變態」。

「我的孫子在哪裡？」

但祁謙還是很想吐槽說：你以為經歷了剛剛那些，我真的還會怕你嗎？！

當然，嘴上祁謙只是很簡潔的表示：「我不知道。」

「不，你知道。」裴安之很篤定，「你以為我是二越那個傻小子嗎？會相信你所謂的你也不知道裴熠在哪裡的謊言。直覺告訴我，你不僅知道，而且還是主要策劃人。智商一百六十二的天才，總要對得起自己的智商，嗯？」

「知道我也不會告訴你！」祁謙的尾巴已經在蠢蠢欲動了。

房間裡其他的人在那一刻不由自主倒吸了一口涼氣，屏息凝視的等待著老闆暴走，掏槍直接幹掉對方。

裴安之可不是動漫畫裡那種廢話流的反派角色，又或者突然會因為覺得對方勇氣可嘉就留對方一命的神經病反派，用他自己的話來說就是——他才不會幹出那種給主角反撲機會的傻事呢。

說到底還是喜歡動漫畫啊，這樣的老大，這樣的組織真的是不會好了。祁謙想著，他要是真折在這麼一群蠢蛋身上，他也不用活在這個世界上了。

於是，沒給裴安之掏槍上膛的機會，祁謙已經悄然命令泰迪熊身後變出一個掛鉤，將泰迪熊掛在了自己古袍的腰帶上，然後上前一手反扣住裴安之的兩臂將其壓下，一手持槍抵在了裴安之的後脖頸處。槍自然是來自裴安之的身上。

祁謙表示，他一直想試試像新番動畫《巨人！巨人！》裡那樣割脖頸肉的感覺。

後面一排黑西裝下屬這才意識到要拔槍對著祁謙。不是他們反應不夠迅速，實在是祁謙太快了。

裴安之雖然有點不敢置信他竟然真的會被一個六歲的孩子壓制住，但幸好大風大浪見識多了，什麼樣的妖魔鬼怪沒少接觸，他倒是很好的保持住自己的風度，淡然的問道：「你怎麼做到的？」

「一點小技巧而已。」祁謙面無表情道。

「怪不得你明知道我那些愚蠢的手下要帶走你，你也沒有反抗，原來你早就做好了萬全的準備。」

「謝謝誇獎。」

祁謙的耳力不同常人，自然早就知道裴越正在被人監視著，而那些人在第二天分流了一部分跟上他。不過，祁謙以為那些人是埃斯波西托家族的人，準備將計就計，趁著除夕還沒醒來之前，幫他把那些似乎他很忌憚的人都幹掉，沒想到等來的卻是裴安之。

「接下來你想拿我怎麼樣呢？」裴安之即便落於下風，也總喜歡主動掌握談話的節奏。

「只要你保證不殺我，我也不會動你。就像你說的，我可不想給除夕和白秋小爹留下殺了他們親人的糟糕印象，你會滿足這麼可愛的我的小小請求嗎？」

「是可憐，可憐的我。」裴安之糾正道。他知道祁謙在學他，而他剛才明明說的是可憐的老人。

「我知道，只是我不覺得我自己可憐。」

——換言之就是你覺得自己還挺可愛的，是吧？能要點臉嗎？！

裴安之終於想爆粗口了，但一想到他的脖頸肉還在對方手上那把屬於自己的槍下，也就只能忍了。

「我本就沒想傷你性命，若素會不高興的。不過是看你那麼容易被綁走，想給二越他們提一個小小的醒罷了，加強警備。順便試試看能不能詐出裴熠的地址，他能有這樣的朋友，我也就安心了。」

有腦子，對朋友講義氣，還武力值爆表，裴安之是真的挺滿意祁謙這個裴熠的朋友的。祁謙聽後很痛快的放開了裴安之，他知道裴安之沒有撒謊，因為裴安之的心跳很正常，也因為裴安之是真的很在乎白秋，也就是裴安之剛剛口中的若素。

兩人再次面對面的坐下，心平氣和的重新開口。這一次，裴安之把祁謙擺在了平等的地位上。

「我可以把信任給你，不去追查裴熠在哪裡，但我希望你能把裴熠寄給你的照片也傳給我一份。」

「成交。」遙想當初裴越用白秋的童年照片賄賂裴安之，並且賄賂成功的例子，祁謙對裴安之這個要求真是一點都不意外。

「不過這是有限度的，以十年為期，如果十年後裴熠還沒出現……」

「你奈何我？」

「……」還真不能把祁謙怎麼樣。多少年了，裴安之都沒吃過這樣的癟。

《忍者村的戰爭》的角色歌再一次在房間裡縈繞起來，裴安之在看到來電之人後，就像是換了個畫風似的，一臉不能更諂媚的接起電話，笑道：「弟弟你今天怎麼想起打電話給哥哥了？想哥哥了嗎？哥哥也很想你喲～」

莫名的，這樣的裴安之突然給了祁謙一種面對老年版祁避夏的既視感。他默默的看著身後已經收起槍的黑西裝下屬們：有這麼一個老大，你們這個組織到底是怎麼堅持到今天還沒倒的？

黑西裝的下屬們齊齊假裝他們沒有看懂祁謙的眼神：呵呵，今天天氣真好啊。

「你綁謙寶做什麼？」白秋都快向他大哥跪了。

比起裴越只會打電話被他老子氣得跳腳，祁避夏明顯棋高一著，在知道祁謙是被裴安之綁走之後，他就去請了最強而有力的外援——裴安之的寶貝弟弟白秋。

「So sad。你怎麼能這麼懷疑哥哥呢？哥哥只是請謙寶過來一起聊聊天而已。」說完，裴安之還把手機對準對面正抱著泰迪熊開心喝可樂的祁謙，證明他真的沒有傷害對方，「你看，謙寶過得很高興呢，對不對？快點給我笑！」

祁謙無語的看著裴安之：你這話明顯就是威脅人好嗎？

「你在哪裡？」很顯然，白秋也是這麼覺得的，所以他沒再跟裴安之廢話，準備直接問完地址就殺過去救人。

「在我ＬＶ市的別墅裡啊。」裴安之乖乖報出了地址。

「等我。」說完白秋就掛斷了電話，帶著雖然很不想來面對變態裴安之，但為了祁謙還是要勇敢一點的祁避夏、裴越以及齊雲軒三人，一起前往裴安之的家。

電話這頭的裴安之笑得心花怒放，那張漂亮的臉真的很占便宜，哪怕他笑得再猥瑣，也還是賞心悅目的。

「你故意引白秋小爹過來的？」祁謙可算是明白裴安之想幹什麼了。

「是啊，誰讓他總說很忙，不肯來陪我呢？既然你已經知道接下來是我和我親愛的弟弟相親相愛的時間了，那麼……」裴安之的表情再明顯不過——哪裡涼快哪裡待著去吧，你沒用了。

「你喜歡除夕，不會就是因為他長得像白秋小爹吧？」

「還有一個理由。」裴安之直言道，「我需要一個繼承人，以前是一卓，而裴熠是一卓的兒子，雖然一卓最後還是讓我失望了，但不會有比二越更糟糕的選擇了。」

「除夕。」祁謙強調道。

「裴熠。」裴安之寸步不讓。

「除夕！」

「裴熠！」

後面一字排開的黑西裝下屬們表示壓力好大：老大，雖然您對外狠辣的形象已經崩得不成樣子了，但是這樣跟個孩子耍幼稚拌嘴，也太脫離角色性格設定了啊！

最後，祁謙和裴安之還是誰都沒有說服誰，於是決定各叫各的。

在彼此加了微信帳號之後，祁謙就準備打道回府了。走之前，祁謙又多嘴對裴安之說了一句：「一把年紀了，就不要幹看動漫畫這麼刷時髦值的事情了。太破壞氣氛。」

「你、你才看動漫畫呢。」

「你敢說你的手機鈴聲不是《忍者村的戰爭》裡的角色歌？」

「我只是覺得那首歌挺好聽的，我怎麼知道它、它的出處……」

「……還能這麼解釋的嗎？」祁謙被裴安之的無恥深深震懾了，「那你順便解釋一下你桌上還沒來得及收起來的庫男神的超稀有耳環唄。如果我沒看錯的話，這個應該是官方出的二十週年紀念限量版吧？只出了不足百對。」

裴安之見掩飾不了了，索性放棄了治療：「若素以前很喜歡看動漫畫，我為了拉近和那個時候還不太熟的他之間的關係，尋找共同語言，就去瞭解了一下，後來……」

後來就一發不可收拾了。哪怕白秋已經過了那個愛看動漫畫的階段，裴安之反倒是堅持了下來。

「算是彌補我缺失的童年吧。」裴安之最後這樣總結。

祁謙對這些倒是不怎麼感興趣，他只想知道：「耳環你是怎麼得來的？我都買不到。」

「作為一個黑社會，我想我多少還是有一些特權的。」

——用來買動漫畫周邊的特權嗎？！

◎◆◎◆◎◆◎

「我買到《忍者村的戰爭》官方今年出的反派組織全員的限量版公仔了，我男神帥到沒朋友！「得意」」祁謙在微信上向裴安之炫耀。

「你怎麼得到的？不對，那根本還沒出。」不到一分鐘，據說是大忙人的裴安之就回了訊息。

「作為一個在全世界還算有名氣的明星的兒子，我想我多少還是有一些特權的。」祁謙心裡想著，終於把那天裴安之的話又完完全全還給他了。而他之所以這麼做，當然是報復裴安之那次的「綁架」，那對他造成了很嚴重的不良效果！好比到目前大半夜還堅持跟他睡同一間房的祁避夏。

祁謙放下手機，偏頭看向身邊的祁避夏。

「怎麼了兒子？」

「汝甚刁，令尊知否？」

不良效果二，祁避夏對祁謙實施了寸步不離政策，無時無刻不在祁謙身邊守著，就像是巨龍在守護自己的財寶，生怕祁謙再被綁架一次。於是情況變成，祁謙在片場休息的時候，祁避夏也跟著休息，祁謙拍戲的時候，祁避夏繼續坐在一邊休息，順便一刻不離的……替兒子抱熊。

雖然祁謙很想演戲的時候也抱著自己的熊，但一如月沉所言：「我們這是古裝戲，沒有穿越元素，孩子，你覺得抱隻泰迪熊合適嗎？」

等祁謙想把泰迪熊變成戲服穿上的時候，祁避夏已經搶先一步以為祁謙會讓他負責抱熊而高高興興的擔任起了這個工作，並快速在祁謙的微博上曬了一張他和熊的合影，配圖的文字是：「我兒子願意把他的熊給我抱了，這就是父子之間的信任啊，咩哈哈哈，我一定會做到人在熊在，人亡……熊也不亡的！」

粉絲紛紛表示：「放過那隻熊，讓我來！我願意無償給殿下當抱熊工！哪怕是讓我付錢都行！我有多年抱熊經驗，從還是個小嬰兒開始就沒弄壞過任何一隻玩具熊！」

看著那樣高興的祁避夏，祁謙就怎麼都開不了拒絕的口了。於是只能在同意之後，對祁避夏一遍遍的認真交代熊對他的重要性，熊裡面放了他最在乎的東西，要輕拿輕放，小心看護，如果熊有什麼閃失，他這輩子都不會原諒祁避夏了，他是說真的。

祁避夏也一再對兒子保證，他肯定能在祁謙演戲的時候照顧好熊，並用事實證明，他確實能勝任這份工作，直至今天，熊在他懷裡都好好的。

「裴安之問我，我這麼刁，你知道嗎？我該怎麼回答他？」

「……謙寶，爸爸不是都跟你說了嘛，裴安之很危險，很壞，好孩子不應該和他玩，會學壞的，他還有可能會傷害你。」祁避夏苦口婆心道。他現在的心情就和那些孩子上了中學之後，生怕孩子會和坐在後排不好好學習的壞學生們玩在一起的家長是一樣的。

「不會。」祁謙很固執。

「這不是你說不會就不會的啊，不知者無畏也不是這麼個無畏法，裴安之……他真的很可怕。」祁避夏欲哭無淚。從小到大，他見裴安之的次數屈指可數，但裴安之帶給他的恐懼卻一直揮之不去，他至今都沒辦法和裴安之好好說話。

「不，我是說我就是想學會壞，當個反派。」祁謙再次嘗試和祁避夏溝通，嚴肅認真的表示：「總有一天我要毀滅地球的。」

「……」

說完，祁謙沒再搭理祁避夏，專心回覆裴安之：「是汝刁甚，根據文言文語法，『甚』做形容詞時一般會放在句末。我最近剛好在自學這個。」

祁避夏則發微信心情表示：【兒子進入中二期的時間太早了怎麼辦？！QAQ】

白秋：愛莫能助，我兒子至今還沒從中二期畢業呢。

三木水：愛莫能助＋1，我表姐和戀人至今也還沒從中二期畢業呢。

常戚戚：愛莫能助＋N，我自己都還沒中二畢業呢。

那一刻，祁避夏突然體會到一種彷彿置身曠野的孤寂，又或者是被中二病環繞的悲哀。還是說在全世界都是中二病的時候，他才是不正常的那個？！祁避夏成功的嚇到了自己。

祁避夏再次發了第二條微信：【求助，怎麼樣才能不讓兒子和對他影響很壞的人繼續當朋友？線上等，挺急的。】

結果祁避夏左等右等，卻只等來了一條差點把他嚇出心臟病的回覆。

裴安之：「微笑」

——=口=臥槽，大爺你什麼時候加我微信好友了我怎麼不知道？！不對，確實加過，我忘了啊啊啊，要死了要死了死了QAQ

手忙腳亂中，祁避夏把手機掉在了地上，花了好一會兒才緩下心情來安慰自己說：別怕，別怕，裴安之未必會知道你指的就是他。

卻聽祁謙從身邊幽幽開口：「裴安之讓我轉告你『別心存僥倖，我知道你指的是我』。你又做什麼了？」

「沒什麼，找死而已。」祁避夏生無可戀的回答。

真是一句不知道該讓人如何辯駁的話。祁謙只能說：「那你加油繼續找。」

在巨大的恐懼下，祁避夏發了第三條微信：【剛剛是我的助理代發的訊息，他沒表達清楚我的意思，我是說，如何真誠的祝福我兒子和他新認識的朋友愉快的玩耍。話說，你們兩個年齡差最起碼在幾十歲以上的人，到底能在一起玩什麼啊，真的能有什麼共同語言嗎？】

「裴安之讓我對你說『這才乖，過年你的壓歲錢翻倍』。你這麼大了還要壓歲錢？」祁謙看祁避夏的眼神充滿了不可思議，以及深深的鄙視。

「……你老子我才二十，大學還沒畢業呢。」祁避夏不得不強調自己真的還很年輕，現在約定俗成的不都是大學畢業之前有壓歲錢拿嗎？而且他每年的壓歲錢就足夠他換一輛新跑車了，他為什麼不要？！

「說起來，你後來去上課了嗎？我記得阿羅跟我說過你缺課率挺高的。」

「……我覺得我們倆大概真的要一起畢業了。」祁避夏沉痛極了。

「阿羅不是說學校專門為一些已經開始演戲、出道的明星提供了特殊修學分制度，寒暑假也能去上課補課時嗎？」

祁避夏理直氣壯的點頭道：「是啊，要不你以為我現在為什麼能這麼閒的陪著你？」

「阿羅以為你去上課了。」祁謙了悟。

「Bingo～」

阿羅本來真的特別狠心的為祁避夏安排了一堆工作，但祁避夏可是在找理由逃避工作這方面的技能點點滿了的男人，豈是阿羅區區的工作安排就能阻擋他和兒子相親相愛？

「你死定了。」祁謙和助理小錢一起對祁避夏預言道。

「才不會，只要你們倆別告狀。」祁避夏重點盯著他的助理小錢道。

「哦。」祁謙可有可無的再次把臉轉回了手機上，他正在試圖利誘裴安之，用《忍者村的戰爭》裡反派組織的公仔換庫男神的耳環。

助理小錢做了個用拉鍊封住自己嘴的動作，保證自己絕對不告密。然後等祁避夏轉過頭之後，他立刻發了條私人微博：「三老闆又在找死，騙二老闆說他去進修學習以躲避工作，但我預感到像二老闆那麼明察秋毫、全知全能的男人肯定會很快戳破他的陰謀，為三老闆提前點蠟。〔蠟燭〕〔蠟燭〕〔蠟燭〕」

另一邊，阿羅看過小錢的微博之後，嘴角噙著一絲冷酷的微笑，咬牙道：「很好，祁避夏你真的很好。」

「祁避夏和齊雲軒真的打起來了？」原本像發了瘋一樣專注在工作上的裴越停下手頭工作，焦急的看向阿羅。

身邊的工作人員都很有默契的轉身離開，留給了兩人足夠的私密空間，當他們聽到祁避夏的名字時他們就知道，祁避夏又闖禍了，他們該出去避嫌了。

「……你為什麼會有這麼奇怪的想法？」阿羅充滿低氣壓的看著裴越。

「因為齊雲軒終於還是發現了祁避夏為了撮合我和他再續前緣，而撒謊騙他我兩年來都沒有找過任何床伴了……等等，你不知道這件事？」

「如果這世界上有找死錦標賽的話，你和祁避夏一定能順利會師總決賽。」阿羅現在的表情只能用「好生氣哦，但是還要保持微笑」來形容，他覺得早晚有天他會被這兩個蠢蛋氣得英年早逝。

「嘿，我失戀了，再一次，ＯＫ？你都不安慰我……」

「你什麼時候再戀了我都不知道！」阿羅覺得早晚有天不是他殺了裴越，就是他和裴越同歸於盡，「你知道這讓我想起來什麼了嗎？你第一次戀的時候我也不知道！你不覺得你應該反思一下為什麼身為你的經紀人的我，每次在你失戀之後才能知道你又談了一場傷筋動骨的戀愛嗎？嗯？」

「我每次失戀之後都會勤奮工作。」裴越弱弱的轉移話題。

阿羅輕推眼鏡，肯定道：「不錯，再接再厲，再創輝煌，我看好你喲，失戀王。」

處理過少年裴越的煩惱之後，阿羅就趕去了《總有那麼幾個人想弄死朕》的片場，並如願捕獲了野生祁避夏一隻。

「嗨，還記得我嗎？被你騙了無數次的可憐經紀人。」

「我錯了，只求組織寬宏大量，讓我看完兒子演戲，之後無論你安排我做什麼都行。」

祁避夏立刻沒有絲毫辯駁的認罪了，接著又興奮道：「你不知道謙寶表現得有多棒！而且今天只剩下兩場了，最後的兩場！求你讓我看到最後！那樣的謙寶總讓我感覺像是看到了年幼的我。」

阿羅雖然不斷的在心裡告訴自己不能上當、不能心軟、不能再被祁避夏騙了，但一想到祁避夏的過去，他還是選擇了長嘆一聲道：「說好了，最後兩場。」

「Yes！」他終於能繼續抱著代表他兒子信任的熊了！

X月O日　第十二篇日記

再見，我的六歲

破落的宮殿外頭，祁謙穿著一身有些陳舊的宮袍，怔怔的看著眼前的龍袍少年，輕聲的問道：「為什麼？」

為什麼你沒有堅持最初的夢想？

為什麼你變得滿嘴謊言，又世故城府？

為什麼到最後你也變成了那些你所討厭的糟糕大人？

少年微微張口，他想要解釋，卻又不知道該說什麼，說「抱歉，在未來我沒能成長為你曾希望成為的人」？

長大最痛苦的事情就莫過於此，曾經的夢想變得面目全非，而我們成長為我們曾經最厭惡的那類人。

「我知道你兒子演的是那個龍袍少年的小時候，他們現在的場景大概是類似於一場過去與現在交織的夢，你兒子演得很好，不需要你在旁邊給我配旁白解釋，ＯＫ？」阿羅怒視著一邊的祁避夏，這種你看得很入戲，旁邊有個人非要不斷的嘮叨想讓你入戲卻反而把你拖出了戲的感覺實在是太糟糕了。

「咳，我這不是怕你不瞭解前因後果嘛！這段他們的臺詞不多，主角內心掙扎需要後期配音，還有插入過往的回憶什麼的。」

「相信我，你兒子演得真的很好。」

沒有特別誇張的大喊大叫，又或者是撕心裂肺的哭嚎，卻足夠讓人明白回憶裡的小男孩的失望，他不準備責備誰，也不準備哭泣，因為那個讓他失望的人就是他自己，他已經無法改變的未來。他不可能與自己對立、營造劍拔弩張的氣氛，因為如果連他自己都不愛自己，又如何指望別人愛他呢？

所以這一幕真正的目的不是為了表達小男孩的失望，而是他希望未來的自己能夠有所改變，重新找回自己，重新開始努力變成那個自己曾經希望成為的人。

「我真的完全理解你兒子要表達的意思，但我不理解的是，這部戲不是號稱是個歡脫喜劇嗎？」阿羅抬了下眼鏡。

祁避夏點點頭介紹道：「是啊，是爆笑喜劇。謙寶演的是主角聞欣小時候，一個少年登基的皇子，弱主則強臣，他身邊環繞著想垂簾聽政的太后、密謀篡位的王爺、心懷鬼胎的國師、紅杏出牆的皇貴妃，以及唯一為他拓土開疆的青梅竹馬的大將軍。天子聞欣性格軟弱，不是當皇帝的料，所以他假裝自己的人生是在演戲，他端坐於朝堂之上，就像是在戲臺上唱戲，由大將軍提前為他寫好戲詞。順便一說，他的年號就是『影帝』。」

「聞欣覺得他身邊的人都是可信之人，以為全世界都充滿了愛和正義，初始設定就是個天真到傻蠢的角色。大將軍一直想讓聞欣看清楚他身邊那些人的真面目，但又怕聞欣那種性格受不了真相，只能一直和想殺死聞欣的人見招拆招，故事的笑點就是那些人想殺死聞欣卻被大將軍頻頻阻撓，怎麼殺聞欣都殺不死，然後狀況百出。經常出現的橋段是對方真的想殺死聞欣，卻在大將軍的暗中破壞下，反而禍害到了自己。不明所以的聞欣還會奇怪的看著壞人說『卿的愛好真是與眾不同，但這是卿的自由，朕絕不會干涉』。」

「原來如此。雞飛狗跳、陰差陽錯的反差萌。不過謙寶這一幕是怎麼回事?」阿羅問。

祁避夏的語氣猛然變得生硬起來,總有一種咬牙切齒的感覺:「來自月沉的惡意。到最後,被聞欣又搶走了一塊點心的王爺,終於因為這最後一根稻草而狗急跳牆,逼宮造反了。大將軍及時趕到,殺了王爺、太后、國師以及皇貴妃。」

「但你以為逼宮這一幕就是全劇的高潮了嗎?錯,大錯特錯,之後的反轉才是重頭戲。其實小皇帝聞欣什麼都知道,他真的很對得起『影帝』這個稱呼,他一手逼反了王爺,又利用大將軍把對他有不軌之心的人都血洗了個乾淨。再之後……聞欣親手殺死了大將軍。因為從一開始,他沒有相信過任何人。」

「大將軍功高蓋主,民間早已有只識大將軍而不識皇上的傳言。臥榻之側又豈容他人鼾睡?所以聞欣才臥薪嘗膽、多年苦心經營這麼一場戲,弄死了所有有可能威脅他皇位的人。再對外說大將軍忠心護主,雖誅滅反賊,卻也被反賊所害,同歸於盡。然後聞欣成為了真正獨攬大權的統治者。」

「臥槽!你要我?」阿羅表示他整個人都不好了。他想著,怪不得他成不了名編劇,只能當個經紀人呢,他真的是跟不上月沉這種藝術家的思維。

祁避夏擺擺手,「沒有,謙寶拍的就是一將功成萬骨枯,終於站在頂點的聞欣,在享受到無上的榮耀和自由之後,猛然發現他身邊已無人可以分享這份喜悅。於是他回到了自己兒時受盡欺負的宮殿,想告訴自己,你做的一切都是正確的、是值得的,你沒有錯,要不你就會回到過去的淒慘境遇裡,準備憶苦思甜。」

「結果反而看到了幼年的自己在質問他，你為什麼變了？」

「不，他看到了童年的他雖然長在冷宮，沒有華衣錦服，沒有一天百菜，卻也沒有他印象裡的那麼淒慘；他衣食飽暖，知足常樂，或許沒有別的皇子那麼精緻舒適，但生活卻已經遠超尋常百姓。那個時候他真的相信著世界是美好的，他不會傷害任何人，陽光下，他可以笑得問心無愧。說真的，我從來不知道謙寶可以笑得那麼燦爛。」

「在你發現你兒子愛玩角色扮演的時候，你就該猜到了，他的演技天賦不遜色於你。只要他能進入角色。」阿羅道。

「那是。我兒子一定會成長得比我還出色的。」祁避夏很驕傲，然後繼續毒害阿羅，他覺得不能只有他一人被這部戲虐得一臉血，「少年聞欣這才想起來，他真正想要不擇手段往上爬的目的不是為了不讓別人欺負他，而是為了保護從小就在保護他的大將軍。之後才有了謙寶這一幕，小時候的聞欣問長大的聞欣，你為什麼變了，為什麼殺死了我最好的朋友。」

「……我想和月沉談談人生。」這是阿羅聽完劇情之後唯一的感覺。

「我也是，當我知道全部劇情時，我特別想說一句：月沉你出來，我保證不打死你。」說好的爆笑喜劇呢？結尾這麼神轉折，你就等著撲死吧！哪怕是名導也會被人抹黑到底的！

兩人正說著，祁謙已經過了自己的那幕戲，恢復了面無表情朝祁避夏走來，伸出雙手。

「謙寶你演得太棒了，累了嗎？渴了嗎？」

「熊。」祁謙的關注焦點只有這一個。

「哦哦。」祁避夏趕忙把泰迪熊還給了兒子。

「之後的劇情，月沉準備怎麼繼續下去？」阿羅不得不說，雖然明知道劇情很心塞，但他依舊想知道全部內容。

「沒了，接下來是Happy ending。」

「……他是怎麼做到 Happy ending 的？」=□=

「黃粱一夢。下一幕戲就是謙寶在學堂裡醒來，童年的大將軍就坐在他身旁歡笑。」

「這不坑爹嘛！」阿羅都想掀桌了。

「真正坑爹的是月沉還準備了電影最後的彩蛋，據說那一幕才是真正的結局。」祁謙插話道，他的耳力總是會用在一些奇奇怪怪的地方。

「什麼彩蛋？」阿羅突然有一種很不好的預感。

「已經殺了所有人的成年版聞欣猛然從龍椅上驚醒。」祁謙說出他之前聽到的內容。

「所以說……這是個雙重夢，成年的聞欣夢到了小時候的自己在做夢，以為自己現在經歷過的是一場夢。」祁避夏解釋道。

祁謙點點頭。

「這些你都能理解？」阿羅不可思議的看著祁謙。

「很好理解啊。我們一開始會為了某個目的而努力向上攀爬，但是當我們為了攀爬而攀爬，不知疲倦的真的到達山頂時，驀然回首才發現，自己早已忘記了最初的目的。甚至為了攀爬而放棄了那個目的，我們後悔想回到過去，可惜時光無法倒流。」

當祁謙去換衣服準備最後一場戲的時候，阿羅誠心的對祁避夏說：「你兒子真的是個當演員的料。」

以前阿羅總會擔心祁謙的面無表情是他根本無法理解別人感受的表現，可現在阿羅才發現，以前的祁謙不是面無表情的拒絕全世界，而是如一張白紙，你想把他染成什麼樣就可以染成什麼樣。

阿羅必須要說，演技大概是祁謙唯一像祁避夏的地方了。

「Action!」

當月沉再次這麼喊的時候，最後一幕戲開始上演了。

換了一身新袍的祁謙趴在黃花梨的書桌上，旁邊飾演大將軍童年版的小童星陳煜用毛筆的筆桿輕輕戳了戳聞欣白皙的臉頰。午後陽光正好，聞欣如墨蝶飛舞般的眼睫毛微微顫抖，懵懵懂懂的睜開眼睛，有點分不清今夕是何夕的怔怔看著眼前的男孩。

「做夢了嗎？」陽光爽朗的大男孩笑著問他。

「嗯。」聞欣點點頭，也跟著不自覺的笑了起來，「是夢，不過現在夢醒了。」

「卡！很好，謙寶和小煜都表現得好棒。現在我們來對著那邊的攝影機，再拍一次。」

拍戲其實沒有真正意義上的一次就過，因為電影剪輯的問題，需要拍攝演員們不同的角度，雖然這點可以由不同的攝影機完成，但也有主鏡頭和次鏡頭之分，演員需要有所側重。所以即便演員都沒出錯，也需要拍好幾遍，用以取不同的角度。

等屬於小演員的戲分全部結束之後，陳煜像是個小大人似的對祁謙說：「跟你合作很愉快，希望我們還能有機會再遇到。」

「哦。」沒了鏡頭，祁謙就再一次變成了那個面無表情的他。

陳煜再接再厲道：「你表現得很棒，完全不像是第一次演電影。」

「哦。」

徹底沒話的陳煜只能尷尬的笑著離開了，「我媽媽在等我，那以後再聯繫。」

陳煜就是祁避夏曾說過的，母親放棄了全部的演藝事業支持兒子當童星的那個童星，小時候拍奶粉廣告，長大之後演了不少重量級的電影中的孩子角色，身價差不多已經漲到了十五萬一天。是個很會做人的孩子，可惜在祁謙面前卻屢屢受挫。

「雖然說他注定會是你的競爭對手，但是謙寶，多個朋友多條路，以後多和陳煜相處一下，好嗎？」祁避夏這樣對兒子說。

「像你一樣把的你朋友氣走？」祁謙反問。

祁謙會那麼說，是因為那天祁避夏等人去裴安之的住處找祁謙時，卻發現祁謙已經安全回到家。白跑一趟的幾人又不敢找裴安之的不痛快，只能無奈離開。

離開前，裴安之對裴越說：「沒想到你竟然又和齊雲軒在一起了。」

「……你怎麼知道？對了，我怎麼能忘記你派人監視我。」裴越再次表達了對自己父親的不滿。

「我只是想表達我對你的關心，二越，如果不是你瞞著我秘密和別人交往，我又怎麼會派人監視你呢？不過現在我有裴熠了，你愛和誰在一起就在一起吧，我不反對。說真的，我挺欣賞齊雲軒的，在你和他分手的兩年裡，你床伴不斷，對方卻守身如玉，是個好戀人，且行且珍惜吧。」

說完，裴安之就瀟灑的走人了，徒留一室詭異的安靜。

齊雲軒雙手環胸看著裴越，冷笑了一聲。他沒說什麼，只是重複一些裴安之的原話就已經嘲諷十足，「分手的兩年裡，床伴不斷？」

很顯然，齊雲軒所知道的這兩年裴越的表現，和實際情況有不小的出入。

作為好心「美化」了一下實情的那個人——祁避夏在事蹟敗露後，只能對著自己的兩個朋友尷尬的笑了笑。

然而並沒有人買帳。

◎◆◎◆◎◆◎

《總有那麼幾個人想弄死朕》——簡稱《弄死朕》——的拍攝時間很微妙，C國很少有電影會選擇在最炎熱的夏季拍攝，哪怕是歷時幾年、甚至十幾年那種長跨度的電影，也很少會在七、八月繼續工作。

高溫會無形中加重機器的負擔和昂貴的人工費用，這些客觀因素便先不說了，只說在C國一直存在的電影和電視劇之間的潛規則，就沒有哪個導演會選擇這個月份拍戲。

「潛規則？」

「春季和秋季是各家電視臺大量開播電視劇的時段，而夏天的暑期檔和冬天的寒假檔屬於電影。這樣的交替進行可以稍微緩解一下電影和電視劇的惡性競爭，還能給電影和電視劇不同的休假時間以及拍攝時間，這是一種適應市場需求的做法。要不然電視劇為什麼會存在第一季、第二季的說法？就是一個季度的意思。那不是第一部、第二部……好吧，現在很多電視劇差不多已經有這個意思了，一季就是一部，但也有電視劇不是。提前被電視臺續訂了下一季的電視劇都熱愛在季末的時候留個懸念。」祁避夏見縫插針的為兒子介紹C國演藝圈的一些常識。

「但夏天也有電視劇啊，阿羅最近在追的《愛你，愛你，愛死你》第三季就是六月八日開播的。」祁謙總能記住身邊的每一件事，也就是傳說中的照相機式記憶，他還能分門別類的按照時間和標籤儲存好這些記憶，等到需要的時候再隨時提取出來，永遠不會出錯。

「所以說，這個只是一個相對的說法，夏季不可能一部電視劇也沒有，電影也不可能只在夏季和冬季上映，只是相對少一些。好比電視劇在夏季和冬季也有，但大部分都是已經播出了好幾季，一季會有二十三集到二十五集的那種熱門劇。又或者小成本製作，想拚一把時間差的新劇。不過說實話，效果不會太好，因為暑假檔是各種電影來襲的時候，有時間大家都去看電影了。」

祁謙點點頭，「所以電影在夏季或者冬季的時候大部分都在忙著上映，又或者劇組在休假，沒誰會選擇頂著殘酷的溫度工作？」

祁避夏點點頭，「差不多是這個意思。而電視劇一般都是室內拍攝，就沒有什麼這方面的困擾了。電影在冬季還比較常見一點，畢竟冬季的界限不好限定，特別是過年的賀歲片，電影和電視劇都在搶。」

「還有每週末各項體育聯賽進入尾聲的重要比賽、全年無休的綜藝節目……賀歲片就是一場沒有硝煙的戰爭。」助理小錢補充道。

「說起球賽，費爾南多要轉回來ＬＶ市的俱樂部踢球了，我能邀請他來家裡住嗎？」

祁避夏欲哭無淚的表示：你以為我是為什麼非要在這個時候跟你講這些？不就是為了轉移你的注意力嘛！

他並不喜歡費爾南多，一點都不喜歡，因為他總覺得費爾南多會跟他搶兒子。

但兒子看來是怎麼都轉移不走注意力了，這真是要特別感謝小錢的提醒……祁避夏在心裡記下一筆，他要找理由扣小錢的薪水！

「不如讓他去住爸爸別的房子裡，想住多久都行。」祁避夏開始想別的主意。

「你不是說你只有這一棟房子嗎？」祁謙皺眉。

「……但爸爸也說過，後來爸爸的新單曲上市，賺了不少錢，房子就是那時候買的。」

祁避夏真的很發愁該怎麼把他名下的那些房產都一一讓祁謙知道。

「可是費爾南多初到Ｃ國，人生地不熟，我們不應該照顧他嗎？」雖然祁謙得知了除夕收集費爾南多的海報其實不是因為有多喜歡他，而是想拿去賣錢，但祁謙依舊覺得當日費爾南多為他準備的那件簽滿了眾人簽名的球衣的心意，應該是要好好感謝的。於是在聽到夏季轉會期費爾南多終於告別B洲來到C國之後，他便積極的準備履行自己當日的承諾——盡地主之誼。

「爸爸可以把管家和幾個保姆借給他一段時間，直至他適應了這裡的生活。」祁避夏毫不猶豫的就把老管家賣了。

「好吧，但必須拿我可以去機場接費爾南多做交換，還有帶他出去玩。」祁謙十分不甘心的說道。

「成交！」祁避夏很高興達成了自己的目的。

助理小錢和老管家一起默默望天，他們真不知道該不該告訴祁避夏，祁謙這個樣子明顯就是在演戲誆他啊！估計一開始祁謙的目的就只是去機場接機和帶費爾南多遊玩。

倒不是祁謙演技不好，讓人看出了端倪，而是演技太好，因為他平時根本就不會有那麼多表情！

◎◆◎◆◎◆◎

不管如何，當天祁謙如願接到了費爾南多，並和這個年輕的足球巨星在LV市機場與眾多粉絲上演了一齣大逃殺的戲碼。

雖然說在LV這個巨星雲集的城市，街頭偶遇幾個明星名人一直都是一件很稀鬆平常的事情，但由於《因為我們是一家人》已經播出了有段時間，知名度越打越響，正是祁謙爆紅的特殊時期，再加上一個在世界盃上即便國家隊只得了第二、但本人卻獲得最佳射手榮譽的費爾南多，引起的化學效果完全可以被形容為核反應。

很多人甚至以為祁謙這是在準備新一期的《因為我們是一家人》，紛紛猜測哪一集會出現球星這個主題。

「我覺得我們兩個大概是沒辦法一起去人多的著名旅遊景點了。」好不容易逃上車的費爾南多一臉沉痛的表示。

「贊同。」祁謙也是心有戚戚。雖然一路有保鏢開道，但那場面還是太可怕了。他知道地球人多，尤其是Ｃ國ＬＶ市，一個占地面積六千平方公里卻擠下了兩千五百萬人口的大城市。可是他不知道原來人口密集程度可以達到ＬＶ市機場那個樣子。

「雖然你在Ｂ洲也很紅，但我沒想到你在Ｃ國能……我建議你以後還是不要去人口本就密集的地方了。」費爾南多表達了他對祁謙的關心。

祁謙再次點了點頭，哪怕是剛來ＬＶ市和祁避夏一起出門的時候，他也沒經歷過剛剛那麼恐怖的場面。

這時祁謙才意識到，怪不得最近幾期的《因為我們是一家人》已經沒有他們自己去機場的環節了，外景拍攝地點也是越走越偏，甚至有一期直接是大漠荒沙。再沒有哪一刻會比此時此刻更能讓祁謙深切的感受到他真的紅了，甚至受眾比祁避夏還廣。

「我本來還想帶你去吃Ｍ記的，看來是不行了。」費爾南多遺憾道。哪怕他遠在Ｂ洲，也是知道祁謙的「苦難生活」，網路上傳得到處都是。他還想著有機會一定要趁祁避夏不在時帶孩子去解解饞，「我們打道回府吧。」

「你要是想去能觀光的地方也不是不行。」祁謙若有所思。

「嗯？」費爾南多有點跟不上祁謙的思考速度。

LV影視基地——

位於三十三天旁邊的LV影視基地，是全球最大的電影工業中心，無數經典大片都誕生於此。LV市能成為C國的娛樂與時尚中心，靠的正是LV影視基地。很多遊客到LV市最大的目的，除了購買奢侈品和偶遇明星之外，就是參觀這座影視基地。

「但他們只能參觀周邊，還有Star電影城，那是個供遊客觀光的性質大於拍攝目的的電影城，也就是糊弄糊弄圈外人。阿羅是這麼跟我說的。」

祁謙在費爾南多來之前做了不少功課，大部分都來自很可靠的阿羅和白秋小爹。

LV市影視基地內有好幾處電影城，場景和功能也都各有偏重，月沉的新片《弄死朕》大部分場景就是在側重古代場景的電影城裡拍攝的，電影城的投資商甚至在裡頭模擬了一座與帝都皇宮一模一樣的宮殿群。

「既然要參觀就去參觀最專業的，而那些地方是絕對禁止外人進入的。」

也就是說完全不用擔心再次被圍堵了，除非是狹路相逢遇到偷溜進去的狗仔隊。

「那我們怎麼進去？」費爾南多默默的提醒祁謙，他就是個徹徹底底的外人啊。

「哦，電影城的投資商之一是我姑姑和小爹，而且我認識的一個導演剛好現在正在裡面拍戲，我們可以去探班。你有什麼喜歡的演員嗎？說不定還能遇到。」

「……」費爾南多莫名的開始有點明白網路上那些哪怕祁謙現在還小，卻已經發自真心哭著喊要嫁給祁謙的女孩們的心理了。有錢、有權、有名還是高智商，這種人即使將來長殘了，嫁了也不虧。更何況看祁避夏那張臉就能知道，祁謙長殘的可能性微乎其微。

片場裡《弄死朕》正在進行最後的收尾，預計九月份就能完成並開始進行後期製作，趕上賀歲片的時間十分充裕。

月沉把補拍鏡頭的任務交給副導演，自己則在一邊專心致志的研究起了自己的下一步。

「下一步？」祁謙看著月沉的感覺就是——你又想準備怎麼毒害大家了？

《弄死朕》的神結尾就像是打通了月沉的任督二脈，骨骼精奇的他現在已經不關心電影上映後的反響了，因為他終於找到了他新的追求目標——拍電視劇。

「這個才是我此前真正沒有嘗試過的東西！拿出拍戲劇電影的精緻去拍一部經典的電視劇！」順便豐富一下我的榮譽室——月沉在心裡補充，他覺得在眾多電影節的獎盃裡多一座最佳電視劇獎的感覺一定很讚。

「那電影怎麼辦？」費爾南多疑惑的問。

費爾南多此時還不知道《弄死朕》的坑爹劇情，如果他知道，他一定不會有此一問。照著《弄死朕》那個讓人想跟月沉說「有種放學後別跑」的坑爹程度，關心電影後續才是自找虐呢。

「照常上映唄。」月沉聳了聳肩。

月沉喜歡的是虐別人，卻絕對不喜歡被人虐，而他早在和編劇商量出電影的結尾時，就已經做好了絕對不看影評、媒體報導和網路反響的心理準備。他甚至還和身邊所有認識的人都提前打好了招呼，不許跟他討論這部電影的反響。

《弄死朕》是月沉自己一個人出資的電影，他也不用擔心無法向投資商交代，當初大把的投資商揮舞著鈔票哭著喊著想投資給月沉都被拒絕了，預防的就是這一天。

但誰都沒料到，包括月沉自己，《弄死朕》上映後反響十分「不錯」。大家差不多都是懷著「不行，不能只有我被虐，死也要拖別人下水」的想法，所以寫的評論往往是：臥槽，不行了，笑死了，月沉新片太會搞了，強烈推薦需要放鬆心情的人去電影院親身感受一下，你會感受到來自月導和我個人滿滿的愛意的。

然後被推薦去看的人就會在前期笑到肚子疼，又在最後十分鐘被虐得想找導演談人生，最後走出電影院的時候再次假裝歡笑，目送下一批倒楣蛋進去感受「愛」。

當然，也不是沒有揭露真相的言論。可惜數量太少，往往還會淹沒在大量居心叵測的網友回覆裡，他們表示：發文者太壞了，怎麼能這麼隨意欺騙沒看過電影的人呢？真的，那是喜劇片，你快去看啊，看完你肯定會來贊同我的話！

《弄死朕》的票房和口碑意外的很好，還得了小金人和小金球那一年的最佳編劇提名，雖然最終沒能獲獎。而祁謙演的幼年版聞欣也得到了諸多肯定，他只在最後十分鐘出場，前前後後加起來的戲分還不夠五分鐘，但卻讓人印象深刻到很多年後依舊奉為經典。

再沒有人能重現那一刻的祁謙，哪怕是祁謙自己，很多人都這樣堅定的認為。

其實祁謙當時的演技還是很青澀稚嫩的，只是電影前後大喜大悲的對比太過明顯，祁謙的角色就在潛移默化中被推上了神壇。

很多人記憶裡錯位蒙太奇的螢幕形象，其實早已經脫離了電影本身。

不過，那些都是後話了，在當時電影還沒上映的九月，大家的關注焦點還在祁謙終於開學了這個點上。

◎◆◎◆◎◆◎

九月一日，全國開學日。全國各地的學校，無論是小學、國中、高中，甚至是大學的學生，都在熱烈期待著開學第一天能看見殿下坐在自己班裡第一排的場面。

「跪求男神做同學！」

不少喜歡祁謙的粉絲在九月一日那天刷了一整天的微博、微信以及各大入口網站，望眼欲穿的等待著媒體公布祁謙上的學校情況，又或者是有學校的學生拍出祁謙去學校報到時的近照，可惜到最後什麼都沒有。

哪怕是祁謙的微博，也只有一張祁避夏發的祁謙揹著書包、抱著熊準備乘車的側身照，配圖文字極其簡潔：謙寶正式上學的第一天。

「你敢爆圖你倒是把學校也一起爆了啊！」

「不知道殿下去了哪所學校，反正我們班沒有，座標△△中學高中部○○班。」

「我們班也沒有，座標○○中學國中部△△班。」

「求我殿正臉，正臉！」

「我殿上學還不忘抱熊，果然殿下的真愛配對是玩具熊嗎？好愛，感覺不會累了！」

在祁謙微博下賣萌完畢，粉絲就快開始去咒罵媒體沒用了。

整天報導這個明星秘密戀愛了、那個女星第三者插足富商家庭的狗血八卦，怎麼卻連一個孩子上學的報導都搞不定？簡直太沒用了！

其實不是媒體不努力，而是他們真的使盡了渾身解數也都沒找到祁謙所在的學校。LV市的六百所小學、八百所中學、六十所大學都一無所獲，三十三天內的貴族小學、中學更是重點排查的對象，可是來來回回檢查了不下三遍，還是沒見到祁謙的人影。

有人說祁謙是去外國上學了，也有人說祁謙其實哪裡都沒去，只是請了家教在家裡教。

但他們都沒猜到，真相是祁謙入了薩門俱樂部今年才開設的天才班。

薩門俱樂部年齡小的高智商會員不在少數，並且連續幾年的低齡化都在不斷攀升。早年也開設過內部的天才班，後來因為種種原因停辦了。雖然不斷有人提出想要重新開辦天才班的計畫，可惜相關部門一直沒能通過。直至今年，在已經退休的前教育部長官和C國薩門俱樂部重要會員顧師言的積極推動下，天才班終於再次開啟。

顧師言就是推薦祁謙進入薩門的那個幼稚園園長的棋友，棋藝奇臭無比，但在政治方面卻有著無人可及的能力，只要他想，鮮少有他辦不到的事。

也是因為發現了祁謙，顧師言才有了幫忙天才班開辦的想法。

祁謙作為第一期的實驗學生，和另外九名同學一起，成為了這個最特殊的小班教育中的一員，老師們則是薩門俱樂部裡高學歷的專家教授通過層層選拔最終才敲定的各科精英。

天才班就設立在薩門俱樂部位於ＬＶ市的分部大樓裡，環境優雅、設備完善，隨便從走廊上拉一個人都是智商在一百四十以上的正式會員。用顧師言的話來說就是，在這樣的環境下，孩子們就不會因為自己的與眾不同而心生自卑，又或者過於自傲的心理，因為他們都是一樣的。

曾經祁避夏就到底該把兒子送去普通學校還是天才班的問題，和白家大大小小的家庭成員分別進行了多次討論。

他們一方面覺得顧師言這種把天才集中教育的方式有道理，可是一方面又擔心這會進一步激化祁謙與外界普通人之間的距離感。誰也說不準天才班與眾不同的教育理念到底是會成就出一批業界的高端人才，還是會毀了一批天才。這也是天才班當初遲遲沒能再次開辦的重要原因——損失太大，根本沒人擔得起那個責任。

白安娜和白秋傾向於讓祁謙去跟普通孩子一起上學，感受正常人的生活。白冬和遠在國外某個深山老林的白夏則覺得那些普通孩子會和祁謙有距離，反而更容易傷害祁謙。

最後還是祁避夏一錘定音決定把兒子送進天才班。

曾有心理醫生對祁避夏說他兒子智商太高，和普通的同齡人玩在一起容易得焦慮症。但祁避夏不信邪，他覺得節目裡祁謙和蛋糕、福爾斯等人也能玩得很好。

直至童星陳煜出現，祁避夏才意識到，他兒子在節目裡的表現那不叫玩得很好，只能說是天生的表演天賦，又或者是使命感——祁謙不是在跟蛋糕他們交朋友，而是把他們當作孩子照顧，即便祁謙自己也是個孩子。等祁謙面對陳煜時，他就再一次變成了那個不善交際、看著就讓人覺得疑似有亞斯伯格症候群的孩子。

祁避夏這才認命。他希望兒子能過得像個正常人，能擁有除了被他一直掛在嘴邊的除夕和裴安之以外的正常一點的朋友，但既然普通的孩子不行，那就試試跟兒子一樣聰明的小孩好了。

天才班裡的十個孩子年齡不等，智商也不盡相同，性格更是天差地別，唯一的共同點大概就是他們都是別人眼中的天才，最能理解彼此思考模式的存在。

年齡最小的是祁謙，最大的則是一個十四歲叫格格的女孩。

格格也是全班唯一一個見到祁謙就發出了尖叫的人：「嗷嗷，殿下、殿下！沒想到真的讓我猜中了，我覺得殿下你一定會參加這次的天才班的，Yeah！我要趕緊發文讓我在網路上的朋友都嫉妒死哈哈哈！」

送兒子來上學的祁避夏，笑容迷人的對她說：「如果妳能不發文，我會感激不盡。」

「你、你是陛下！我最喜歡聽、聽你的歌了！」格格激動得都有點結巴了。

「那妳能不發文嗎？我可以送妳一張簽有我名字的專輯作為感謝。」

「好！」

祁避夏的魅力在青少年中總是無往不利的。

至於另外八個孩子要麼不追星，要麼連祁避夏和祁謙是誰都不知道。反倒是送孩子來上學的家長中的媽媽們對祁謙表示很大的善意，一看就是《因為我們是一家人》的忠實粉絲。她們也都很理解祁避夏的顧慮，表示絕對不會對別人提起祁謙。

教室裡的家長數量是孩子的兩倍，他們其實內心都或多或少有些憂心忡忡，一如以前一部美劇裡的家長那樣，在沒有薩門對孩子是天才的肯定之前，他們之中的很多人都悄悄帶著孩子去做了神經檢查，並慶幸的得出了孩子不是神經病，只是智商與眾不同的結論。但放下的心還沒有真正放寬多長時間，孩子一入學，問題就再一次接踵而至。

這些孩子大多都無法與同學們很好的相處，甚至會被欺負，因為過於聰明、過於與眾不同，當然也因為他們總是管不住自己要炫耀自己的聰明。而最讓人不知道該如何說的是，這些炫耀自己聰明的孩子往往其實並不理解自己是在炫耀。

就好比月薪八千C幣的人不會覺得旁邊有人拿著艾鳳手機是一件多麼酷炫的事情一樣，在那些孩子眼裡，他們回答的都是很簡單的問題，根本無法理解別人說他們炫耀是為什麼。

所以，與其說這是天才班，不如說是問題兒童班。

因為班級本身就實行的是低調政策，於是祁謙到底上的是哪所學校這才沒有暴露。平時十個孩子進入薩門俱樂部也不會引起什麼人注意，畢竟數量實在是太少了，以及薩門俱樂部的分部會出現孩子，在外人看來已經是一件司空見慣的事情。天才總是早慧的，這是很多人奇怪的固有印象，雖然那並不正確。

十個孩子，兩兩分組，成為了五對固定搭檔，平時要一起學習、互相監督。

早慧的孩子總會有這樣那樣的孤獨症狀，有著或輕或重的社交恐懼，天才班教會他們的第一件事情就是交朋友，而不是學習。

年齡最大的格格和年齡最小的祁謙分在了一組，這肯定是有希望格格能照顧祁謙的意思在的。格格也自覺使命重大，想著自己一定要照顧好小殿下，看《因為我們是一家人》的節目時她就開始產生了一種澎湃的想要照顧祁謙的欲望，她也說不清楚為什麼，大概就是覺得雖然節目裡祁謙表現得很成熟、很理智，甚至會照顧自己的爸爸，但他也應該是需要別人照顧的。

而剛好格格覺得自己是個能勝任照顧人角色的人，她照顧的最好的例子就是她自己。她的父親被母親殺死了，母親因為殺人罪坐牢，在她孤身一人的時候，她身上只有五十塊錢不到，但她活到了今天，並且活得很好。當然，薩門俱樂部對她的資助也是主要原因。

可惜……

「這題應該這麼解，妳看。」祁謙很認真的在計算紙上寫下清晰的解題過程，「妳把這裡的β變數搞錯了，所以答案才會怎麼算都算不出來。」

「……謝謝。」格格怔怔的看著困擾了她一個小時的題目，欲哭無淚。

——說好的由我照顧弟弟呢？！我也想偶爾照顧一下男神的好嗎？！這個無理取鬧的世界實在是太糟糕了。

「下午我要去拍戲，妳一個人行嗎？」

祁謙其實是個使命感挺強的性格，只要讓他覺得建立了他需要對對方負責的關係，他就一定會盡力完成。好比在家裡照顧祁避夏，在節目上照顧蛋糕這個親戚，也好比在學校照顧他的搭檔。

「拍《因為我們是一家人》嗎？」格格的眼睛一下子就亮了起來，「除了殿下你，我最喜歡雙胞胎了呢，兄弟無論年下、年上都很萌啊！呃，不對，當我剛剛什麼都沒說。」

格格喜歡耽美，從她九歲看了第一本小說開始，偶爾她也會自己在網路上發表一些天雷滾滾的原創文，最大的心願就是成為三木水那樣的大神，用最棒的文筆和故事情節把她喜歡的配對都寫一遍。可惜格格雖然智商高，卻實在是沒什麼寫文的天賦，只能繼續當一個默默無名、被人打負評罵到哭的小透明。

不過，喜歡耽美的腐女不代表是腦殘，又或者在現實裡亂配對，格格覺得自己還是有原則的，好比不會隨隨便便在形象正常的小孩子面前說什麼你一定要去當GAY的奇怪言論。她萌是她的事，為了自己的萌而隨意掰彎別人就很噁心了。格格始終這麼認為。

祁謙其實想告訴格格，他知道她說的意思，他不僅知道兄弟年下、年上，還知道百合以及虐戀情深呢。作為一個動漫宅，根本就沒有什麼網路術語是他不知道的。不過看著格格一臉惴惴、生怕自己教壞小孩子的模樣，祁謙很體貼的假裝自己沒聽懂。

「不是去拍攝《因為我們是一家人》，而是另外一部戲。這部戲現在還是個秘密，我不能對外說。但如果妳願意的話，我可以在我參加下一期的《一家人》時邀請妳去看。」

「真的嗎？！」格格一聲尖叫，差點震碎了旁邊同學的玻璃杯。

格格性格開朗，待人也很好，唯一的缺點就是嗓門太大。

◎◆◎◆◎◆◎

祁謙要去演的就是三木水正在秘密籌拍的《地球人外傳》裡的艾斯少將小時候，比起那個《弄死朕》裡的聞欣，艾斯少將小時候要好演太多。

用三木水的話來說，祁謙這完全就是本色演出，唯一需要做的只是換身更有未來科技感的衣服，甚至祁謙還可以繼續抱著他的熊。

三木水也是從祁謙身上得到的靈感，如何能表現出一個孩子孤獨自閉卻其實又渴望與人接觸？讓他面無表情卻又死死的抱著一隻泰迪熊就ＯＫ了。既無情又有情，既牴觸外界又渴望接觸，他看起來與世界格格不入，卻有一顆比泰迪熊還軟的心。

因為不確定將來劇本會被改成什麼樣子，所以三木水讓祁謙拍了很多以備未來使用的片段，可以說是各種各樣、千奇百怪。

「那部電影你打算叫什麼？」

「就是原名啊，《總有一天我會毀滅地球》。」

三木水是個長文名愛好者，他的好友月沉也是，名字一部比一部長，哪怕是他們的腦殘粉也常常表示，根本記不住或者記不對全名，但他們依舊故我。除了當年的《孤兒》，就再沒有什麼短名字的作品了。

「我喜歡。」祁謙很是滿意的點點頭。

「是吧。」三木水也很自得。

旁邊的工作人員默默想著，不知道是不是自己的錯覺，本來很冷豔高貴的三木水大神一和殿下在一起之後，就莫名的變得耍蠢了呢。

離開影視基地的時候，祁謙偶遇了陳煜，又或者是陳煜一直在等他。

「嗨。」

「嗨。」

祁謙其實是很想直接走過去的，畢竟他和陳煜一點都不熟，只是一起拍過一下午的戲，但一想到要是這件事被祁避夏知道了，肯定又要被他說教上好些天，為了圖耳邊清靜，祁謙決定做一個「要有禮貌的好孩子」。

「月沉導演據說會儘快著手準備電視劇的事情，爭取春季開播，劇本裡有幾個常駐角色是小孩子，你知道嗎？」

「不知道。」祁謙搖搖頭，他也不知道他要知道這個來幹嘛。

「呃……那你現在知道了。等選角試鏡的時候要不要一起去？」陳煜小朋友越挫越勇，繼續努力尋找話題說下去。

他也不知道為什麼，祁謙越不搭理他，他就越愛往上湊。從他媽媽告訴他說有祁謙這個人開始，他就期待著有天能和祁謙認識。而當他得知他們會一起演《弄死朕》時，他激動得一夜沒睡，想著一定要和對方成為朋友，可惜……事與願違，戲拍完了，他們還只是認識彼此名字的陌生人。

「我要問我爸爸。」

這句可以說是祁謙比較婉轉的拒絕方式了——祁避夏聽誰的？聽他的！

「哦，那我等你消息。」陳煜不安的用腳跟踢了踢他倚著的牆面，頑強不屈的又重新找到了個話題，「對了，A國最大的電影公司準備投資拍攝一個魔幻故事的系列電影，裡面有不少會隨著電影一起長大的孩子角色，是主演喲！十月底大概就會在C國公開安排選角，你要去嗎？」

「不太清楚。」祁謙也是這時才知道演電影還有選角這一環節。根據他為數不多的幾次經驗，他一直以為只要導演直接邀請他去演就OK了，祁避夏也沒告訴他要選角。

「是這樣啊，我知道了。」陳昱點點頭，變得更加局促起來。他再早熟，其實也不過是個九歲的孩子，再三遇到自己起的話題被對方用一句話終結的情況，他實在是不知道該說什麼了，「呃，新學校……對新學校還習慣嗎？我聽說你去上學了，最近都沒遇見你。」

「哦。」祁謙其實比陳煜還不知道要說什麼，一般都是別人在不斷的跟他說話，好比祁避夏，好比蛋糕和福爾斯，也好比他的新搭檔格格。對了，格格，「我的同桌很喜歡你，你能幫我給她簽個名嗎？」

「當、當然，我很願意。」陳煜整個人感覺一下子就充滿了活力，變得更加熱情洋溢。他本就是那種陽光開朗的類型，前面太緊張才會一直顯得有點拘謹，現在終於如釋重負一般恢復了他的招牌笑容，「你同桌的名字是？」

看著收放自如的陳煜，祁謙想著：我果然還有得學呢。

「格格，就是格子的格，你知道那個字怎麼寫嗎？」

「當然知道，雖然我沒你那麼聰明，但我可比你大三歲啊，格字我已經學過了。」隨身都會攜帶簽名筆的乖寶寶陳煜，很快就在祁謙遞上來的本子上簽好了自己的名字，還特意寫上了送給祁謙的朋友格格。

「謝謝。」祁謙鄭重其事的把本子放回自己的熊裡面。

「要一起去吃M記嗎？我知道有一家一般不會認出你和我的店，人不多，很安靜。」陳煜大概是很意外祁謙這種性格竟然會主動道謝，被這個激勵著，他就變得更加主動了。

「好。」祁謙回答得特別果斷。M記的誘惑真的是不好抵擋啊。

窗明几淨的M記裡，偏僻角落的桌上，擺了一桌子蔚為壯觀的漢堡、薯條、雞翅。陳煜一臉震驚的看著祁謙把滿桌子的速食幾乎快吃下了大半，「你被你父親逼得真狠啊。」他只能得出這麼一個結論了。

祁謙沒說祁避夏的不是，只是說：「你也吃。」

陳煜搖搖頭，「我媽媽其實也不許我吃這些的，我剛剛已經吃過一點了，再吃太多她會發現的。」

「怎麼發現？」祁謙動作一愣，這還會被發現嗎？為什麼沒有人告訴他！他以為只要告訴保鏢不許把偷吃的事情向祁避夏報告就可以了呢。

「我每天回到家，媽媽都會測量我的身高和體重變化，還有一些別的身體測試。」陳煜尷尬一笑。

陳煜的母親林珊想當明星想了三十多年，汲汲營營卻一直默默無名，實在不是個混演藝圈的料。最終她放棄追夢，嫁人生子，但在生了兒子之後又很不甘心的開始培養兒子。結果林珊女士的技能點大概都加在了兒子身上，陳煜真的紅了。

林珊就在得到兒子撫養權的情況下和丈夫離婚了，把自己的一腔熱情全都撲在了兒子身上，又或者說是撲到了兒子的事業上，她嚴格掌控著陳煜的一切，只做對陳煜更紅、更有利的事情。當初林珊對陳煜提起祁謙，就是想讓陳煜知道：這會是你最大的對手，對方不見得比你好，但手上的資源卻肯定比你多，所以你一定要努力。

陳煜很愛他的媽媽，但有時候也會被像是著了魔一樣在乎名氣與地位的母親嚇到。他幾乎沒有朋友，也沒有時間玩耍，每天除了演戲、演戲，就是練習演戲。

「哦。」祁謙繼續放心大膽的吃了起來。祁避夏不會那麼對他，而且即便測試，他的身體也測不出什麼來。

愉快的晚餐結束之後，祁謙和陳煜交換了手機號碼，約好改日見，這才分道揚鑣。

但有時候「改日再見」就是「再也不見」，「有空聯繫」會變成「我基本沒空」，只不過是口頭上的客套話罷了。不過他們倆也是真的很忙，以及陳煜不可能次次都找到偷偷離開他媽媽身邊的辦法。

而祁謙則忙著……練習走臺步。

◎◆◎◆◎◆◎

九月中旬《因為我們是一家人》將會迎來最後一期的收官之戰，在米蘭達的服裝秀上。

米蘭達自己有個服裝品牌M&S，主要針對的消費群體是時下有錢的少男少女，好比三十三天裡的那些星二代、富二代。成名已久的大牌子對他們這個年齡來說還太過成熟，哪怕是大牌子旗下的青少年系列也還是帶著擺脫不去的過於莊重的感覺，而適合他們的青少年品牌又大多不是一線……

基於這點，結合自己超模節目的影響力，米蘭達成功做出了青少年奢侈品這個概念。

很多人都會覺得青少年的購買力不可能比已經自己賺錢的家長——特別是女性——來得強大，但米蘭達用事實證明熊孩子和敗家子這些名詞的另類好處。

像很多大牌一樣，米蘭達也有在M&S後面加上Kids的童裝系列。於是，《因為我們是一家人》裡的五個孩子會在最後一期節目裡為這次新推出來的春夏童裝走秀，在九月份的時裝週上，面對來自世界各地的超模、名設計師以及各大時裝雜誌。

走秀會成為節目的最後一次挑戰。每個現場來賓都會為每個孩子的表現打分，得分最高的孩子會有獎勵，剩下的孩子則不會被公布分數，沒有獎勵也沒有懲罰。

祁避夏在提前得到消息之後，就開始了天天晚上回家訓練兒子走臺步的生活。當然，他主要負責看，有專門訓練超模走臺步的老師來教祁謙。

「我不喜歡走這個。」

祁謙一直都很配合各種明星工作，這還是他第一次明確的說不喜歡什麼工作，哪怕是在節目裡讓他住很簡陋的地方，又或者是完成很難的任務，也沒見祁謙說抱怨，並且到最後他總會完成得很好。

「為什麼？」

「很彆扭。」準確的說是——「這像是女孩子在做的事情。」

祁謙皺眉，大概是一開始參觀的《下一站超模》裡，那些年輕的模特兒在背後勾心鬥角給了他不太好的印象，他總以為模特兒都很做作又妖裡妖氣的，無論男女，他不喜歡那樣，他也不想將來除夕醒來看到他曾經那樣。

祁避夏不知道到底是該為兒子終於有了性別認知而高興，而是該儘快糾正兒子對模特兒性別的誤解。雖然米蘭達看上去很好說話，但要是被她知道誰敢這麼形容她最喜歡的職業，她一定會發飆的。

於是，祁避夏決定親自為他兒子演示一遍，事實勝於雄辯。

當祁避夏站在家裡特意為祁謙走臺步而新裝潢的室內T臺上時，他整個人的氣質陡然一變。他身上什麼都沒變，穿的還是那件不起眼的居家服，但卻總讓人覺得他像是換了一身由名家設計、剪裁合體的華麗服飾，渾身上下的自信讓人有一種自己穿上那件衣服也會變得很不錯的感覺，十分有感染力。

祁避夏步履硬朗的站到了T臺最前面，姿勢定格時會如一幅畫，眼神半眯，睥睨天下。

「所以說，謙寶，走臺步也是可以走得十分有男子氣概的，這個全看你自己如何詮釋。

爸爸剛才是不是很帥？」

祁避夏屬於那種適合閉嘴的油畫型明星，他一說話，整個人的畫風就不對了。

最終，教導了一代又一代超模臺步的大師被禮貌的請走，由祁避夏開始親自手把手教兒子他那半吊子只走過兩次臺步的經驗。

「自信，一定要自信。想像當你走上T臺的那一刻，你就擁有了整個房間，你掌控著房間裡所有的人。」

祁謙似懂非懂的點點頭，然後問：「但是衣服呢？」

「……我一般會替那件衣服編個故事，然後像是演電影一樣把它在T臺上演出來。」

「演戲？」

「好比這是我的龍袍，這是我的戰袍，這是我最好的裝備，正是因為有它，才會有我的今天，我要用它屠戮盡世間一切的不平，我就是這個世界的王！」

祁謙默默的看著祁避夏，「你還好意思說別人中二？」

不管如何，祁避夏這招確實挺管用。只不過面對嫩黃嫩藍可愛過頭的服裝，祁謙真的很難想像自己穿這麼個東西去拯救世界，又或者毀滅世界，最後他只能假裝自己是聞欣，《弄死朕》那個童年時對全世界都充滿善意的主角，想像著他要是現代人該如何表現。

無論在私下裡練習多少遍，面對真實的T臺總會多少有些不適應，因為在練習的時候，T臺兩邊不會坐滿了人，也不會有閃得快讓人瞎眼的鎂光燈。

祁避夏教導祁謙，想像坐在兩邊的人都是你痛恨的綠色蔬菜，青菜、蘿蔔、番茄。

祁謙雖然沒什麼懼怕的情緒，但還是按照祁避夏說的，在臺上不斷的在心裡默唸青菜蘿蔔番茄。其效果就是第一排近距離看到祁謙的人，都感覺到了一股來自他眼神裡的殺意……意外的和可愛的衣服形成了一種說不上來的萌。

不少家裡有孩子的貴婦，特別是有兒子的女士，都在想著要是兒子穿上這樣的衣服彆扭的看著自己，傲嬌的說「才、才不喜歡呢」，簡直想要尖叫了好嗎？！

毫不意外的，祁謙得到了挑戰環節的第一，以前沒看過《因為我們是一家人》節目的人也都變成了祁謙的粉絲。

第一名的獎勵是他在T臺上展示過的幾套衣服，以及一份來自米蘭達工作室價值百萬以上的代言合約——注意，費用是按照季度發的。

這個可以算是祁謙接到的第一個廣告合約，他需要做的僅僅是每個季度抽出一天的時間拍幾組照片，連以後的走秀都不用，而他的照片還會出現在各大螢幕招牌上，哪怕《因為我們是一家人》的節目結束了，短時間內也是不會有人忘記祁謙。

米蘭達從一開始就覺得勝出的會是祁謙，所以才敢開出這樣的合約。有意圖討好白氏的成分在，卻也是米蘭達在得知祁謙有意進軍演藝圈之後對祁謙的看好，作為一開始給予了祁謙機會的那個人，她覺得自己日後肯定不會虧本。

事實上，米蘭達不僅沒有虧本，反而還賺了好大一筆讓她都覺得自己當年是不是太小氣了的財富。M&S品牌走向真正的一線奢侈品大牌，就是始自於祁謙。

在祁避夏和格格都快把手拍紅了的掌聲中，米蘭達的服裝秀和《因為我們是一家人》的第一季一起成功的落幕了。

◎◆◎◆◎◆◎

十一月，祁避夏為祁謙過了他真正六歲的生日。

星際主題的生日派對上，祁避夏自作主張請來了不少祁謙的「朋友」——蛋糕、福爾斯與他的兄弟姐妹、格格等同班同學，以及陳煜。

「裴安之呢？」祁謙問。

「他不能算是你的朋友，親愛的。」祁避夏很無奈。

「哦。」祁謙點點頭，沒再辯駁，因為他其實不是問祁避夏有沒有請裴安之，而是他自己已經邀請了裴安之，只是在問祁避夏看到他來了沒而已。晚上裴安之還會住在他家，好方便他們第二天喬裝打扮一起去參加在LV市舉辦的第八十八屆國際漫展Comic-Con。

自上次M記一別，這次的生日派對還是陳煜和祁謙的第一次見面。

「我聽說你沒能參演A國的系列電影，我真的很遺憾。」陳煜發現他和祁謙的話題好像總是在圍繞著工作，而且還開了一個很糟糕的頭，因為他被選上了，而祁謙落選了。

「沒事。」祁謙不知道該如何告訴陳煜，那個A國的系列電影選角阿羅是報名了，但最後他沒去參加，因為拍電影要去A國，最少要去半年的時間，祁避夏一定會難過死。而且那個系列電影的拍攝時間和月沉的新電視劇有時間上的衝突。

「我只能遺憾的放棄了月沉導演的電視劇了，我真的很想和你合作，但是我媽媽……」陳煜的媽媽林珊覺得A國的電影是個機會，幫助陳煜走向國際、變得真正家喻戶曉的機會，而月沉的電視劇卻不被很多人看好，即便他是有名的導演，但隔行如隔山，就像是專門供稿給雜誌的短篇小說作者和連載大長篇的網文作者總是無法相容一樣。有做得好的，但大部分都是兩頭耽誤了的。

「祝你成功。」祁謙很快就打斷了陳煜的消沉。他不覺得分開是一件多麼值得難過的事情，說實話，他們本來就不熟，即便是很熟的朋友也不可能一輩子在一起拍戲。

「也祝你能成功。」陳煜急切的想要解釋什麼，他真的很怕祁謙生氣了，「你很棒，我是說真的，你真的很棒，我很喜歡你……演的戲，未來的你一定前程遠大。我出國之後，我們還能常聯繫嗎？」

「當然。」祁謙點點頭，「你有我的手機號碼。」

「謝……」

陳煜的話還沒說完，生日會就正式開始了。祁避夏穿著一身和祁謙除了大小不同、其他別無二致的白色西裝，坐在鋼琴前，開始為祁謙彈奏一首他自己早就在秘密準備的新曲子，悠揚而又抒情，他用低沉的嗓音唱道：「當你我相識時你已五歲，今天我要為你慶祝六歲的生日，我錯過了你整整五年，但也許用十年的時間都無法彌補……我的寶貝，祁謙。」

×月○日 第十三篇日記

你好，我的十六歲

「我們今天請到的第一位嘉賓，正是剛剛大螢幕裡演奏鋼琴曲的主角，也是白氏電視臺從新曆四八五年年初開播，連續播放了九年，據說還會有第十年的——史上最成功、影響觀眾最深的喜劇電視影集《人艱不拆》中主角之一 Dr. 李的扮演者，讓我們一起有請殿下祁謙！」

在現場觀眾的熱烈掌聲和尖叫聲中……並沒有人從後臺走出來。

短頭髮的女主持人洛浦生假裝尷尬的一笑，再次說道：「嘿，殿下，我保證不再叫你謙寶了，行嗎？你可不能放我鴿子，我們這邊在直播呢。」

觀眾哄笑。

不是因為女主持人的話，卻是因為祁謙正坐著升降椅在女主持人的背後緩緩從天而降，他疊腿抱著一本大得十分誇張的書，輕推鼻梁上沒有度數的無框眼鏡，故作倨傲道：「妳保證真的不會再那麼叫我了？」

「我保證，你藏在哪裡了?快出來吧。」洛浦生繼續假裝不知道自己的後方上頭有人，一味的朝後臺的方向看去，這些自然都是早已安排好的情節。

「抬頭。」祁謙回答的十分簡潔。

「哦……啊！」洛浦生跳了起來，雖然是主持人，但她的演技卻不輸給專業演員，「你什麼時候上去的？」

「Dr. 李從不按照常理出牌，低智商的凡人。」

祁謙合上書，直接從還沒有完全落下的升降椅上俐落的跳了下來，完美落地，動作瀟灑又嫻熟，引得粉絲發出陣陣尖叫。雖然演了這麼多年，祁謙卻始終沒有明白那些粉絲在興奮的尖叫什麼，從那麼低的地方跳下來，會有這樣的結果不是一件很稀鬆平常的事情嗎？地球人真的太難懂了。

「你手裡拿著什麼？」洛浦生明知故問道。

「我的書。」

祁謙現在這個年紀已經不適合在上節目的時候抱著泰迪熊了，雖然他平時還是會抱著。幸而在月沉的電視劇《人艱不拆》裡，他所飾演的角色是個有社交恐懼症的高智商兒童，最大的特色就是抱著一本堪比相簿的大開本書籍，於是祁謙就把泰迪熊變成了那本道具書，很多《人艱不拆》的粉絲對此都是喜聞樂見的。

「真的是Dr. 李的萬能書？Oh my god！他們竟然真的允許你把這個帶出來？」

「只要他們不發現就可以。」祁謙按照事先商量好的臺詞照本宣科道。

觀眾笑了起來，因為所有人都知道，這只是個玩笑。

「我可以看一看嗎？」洛浦生道。

「這上面寫了妳的名字嗎？」祁謙問。

「沒有。」洛浦生遺憾的搖了搖頭。

「那就是不可以。」祁謙這段說得很熟練，表情也十分到位，因為這是電視劇本身就有過的情節，劇組特意安排給觀眾會心一笑的。他指了指書上，「妳看，上面寫了我的名字，本書屬於Dr. 李，意思就是旁人勿動。」

臺下果然有不少觀眾表現出了能現場看到Dr. 李的表演，一副滿足的樣子。

「總之，很高興再次邀請到你來參加我的節目。」洛浦生轉移話題，笑著上前主動擁抱住了祁謙。

祁謙按照節目組的要求，一臉嫌棄的假意輕輕拍了拍洛浦生，然後全身僵硬著任由對方擁抱，等了一會兒才彆扭的問道：「妳準備什麼時候放開我？」

「下個世紀？」洛浦生笑道，「我願意為Dr. 李再變回異性戀。」

祁謙：「對不起，我不願意。」

「yoooooo～～」

「@安德列」（注：Dr. 李的官方配對。）

「公然出櫃，燒燒燒。」

網路播映畫面上的彈幕開始狂刷一排排意味深長的話。

「新曆四四八年十一月十四日，祁謙出生於第一世界的C國LV市，早年喪母，是天王祁避夏到目前為止唯一的兒子。五歲隨父親祁避夏一起參加了親子類節目《因為我們是一家人》第一季，為粉絲所熟知，後又參演了《總有那麼幾個人想弄死朕》、《全宇宙最後一個地球人》等多部優秀電影，現在是獲得過數次電視劇大獎《人鬼不拆》的主演之一。」

演播室裡開始介紹祁謙的過往經歷，為了襯托這一期脫口秀的主題——那些年我們追過的童星。

洛浦生脫口秀作為C國電視史上除了新聞聯播以外，日間播出最長的一檔綜藝類節目，陪著觀眾差不多走過了快四分之一個世紀，播放了多達三千多集。能被邀請上節目的明星就算不是巨星，也會是大部分觀眾即使叫不出名字但肯定會覺得眼熟的演藝圈知名人士。

不論明星是大咖還是小咖，一般都只會是嘉賓之一，並不會成為單集一個多小時裡的唯一嘉賓。

祁謙能作為這次的開場嘉賓，足以說明他在童星裡的地位和出色表現了。

這集節目剛開場時，洛浦生之所以會選擇祁謙六歲那年生日派對上祁避夏為他演唱歌曲時的影片，是因為前幾期洛浦生單獨對祁避夏做了一次專訪而生出的 idea。

祁避夏的一生雖然只過了三十年，卻可以用跌宕起伏、充滿波折來形容。他有過大紅大紫的童年，也有過人人厭棄的低谷，更有後來在流行音樂方面的巨大成功，但那已經是十年前的事情了。

十年後的今天，祁避夏成了名副其實的天王，開過個人全球巡迴演唱會，且場場爆滿。祁避夏在每年兒子生日時都會為兒子準備一首抒情歌，更是打破了多項世界紀錄的絕對金曲系列。

「大家都知道你們父子的感情很好，從你父親每年為你作的歌曲裡。但其實我個人還知道一個猛料，就是上次陛下來參加我的節目，我們私下裡聊的時候他告訴我，他之所以到現在都堅持不結婚，就是怕新娶進門的妻子在他不知道的情況下虐待你，這是真的嗎？」

祁謙不置可否的點點頭，因為真的發生過類似的事情，倒也不能說是虐待，但是那讓祁避夏開始十分警惕任何一個意圖接近他的女人。

「你對此就沒有什麼補充嗎？好比祁避夏只是在為自己的花心找藉口之類的玩笑話？」洛浦生在私下裡和祁謙接觸時就知道對方很沉默，她已經做好了慢慢誘導對方說更多話的準備，無論祁謙多沉默，她也勢必要挖一些料出來。

「我以前沒想過這點，不過被妳這麼一說，突然覺得也許這才是真相。」

現場坐著的粉絲們再一次笑了起來。

事實上，無論祁謙做什麼，他們都會笑。在《人艱不拆》的電視劇裡，祁謙演的 Dr. 李就是個自認為自己很有幽默感，但其實完全沒有的人。而觀眾的笑點就是每當 Dr. 李說了個冷笑話，電視劇裡其他角色一臉無語看著他時的場景。

「有一種說不上來的呆萌感，特別可愛，我們願意為 Dr. 李隨時隨地笑出聲，即便那真的是個冷笑話，也不想讓他失望。」

「我殿現實生活裡的性格和 Dr. 李總感覺很像噭噭，都是我的嫁！」

「那你聽到的版本是？」洛浦生問。

「我父親會跟每一個表達了想要和他結婚的交往對象說：結婚可以，但在我求婚之前，我希望妳能清楚一點，我過去、現在以及將來賺的每一分錢和所有公司的股份、房產，都會留給我現在的兒子祁謙，如果妳能接受，那我們就結婚吧。」祁謙照實回答。

「哇哦，這可真是個苛刻的條件。我想你父親其實是想用此來委婉的詢問那些女士，她愛的到底是他的人，還是他的錢，嗯？」

祁謙順著洛浦生的話點了點頭，「我父親以前遇到過一些……咳，不太好的事情，被親人背叛……他一直不願意說，覺得家醜不可外揚。但我覺得既然對方已經能不顧親戚臉面做出這樣的事，你又何必為他遮掩？那人捲走了我父親的全部身家，也摧毀了他的信任體系。也許這樣說很不尊敬女性，但我父親真的很怕別人跟他交往是為了他的錢，所以他總是要測試一下。」

「我相信真正善良的人不會覺得這是不尊敬的，畢竟真金不怕火煉，只有心懷叵測的人才會惱羞成怒。衷心希望你父親能早日找到真心的戀人。」

「謝謝。」

事實上，那不是測試，而是祁避夏發自真心的話。

也有人以為祁避夏的條件是測試，便表現出自己的情深意切，然後祁避夏就真的拿出一份具有法律效力的合約讓對方簽字。

從祁避夏至今未婚的狀態就可以知道，還沒有人願意在那上面簽字。即便有真心愛祁避夏的，對方也要顧慮自己未來的孩子。女性總是考慮很多，她們可以做到對祁謙視如己出，卻很難做到不為自己的孩子爭取。

「我父親才三十歲，他還有很多時間來尋找，不著急。」

「哦，說到年齡，這讓我想起來在今年年初的年度音樂頒獎典禮上，我為你們父子照的那張照片，還記得嗎？最近網路上都傳瘋了。」

洛浦生一抬手，後方螢幕上出現一張祁避夏和祁謙父子身著黑色燕尾服並肩站在一起的照片，一樣俊美的面容，一樣挺拔的身材，不像父子，反倒更像是兄弟。

祁謙點點頭，對於這張照片他還有印象，不過……

「傳瘋了？Why？」

「你知道網路上一直很流行的看圖說話的遊戲嗎？就是替一幅圖配上一句話，看誰配得最有趣貼切。在我將照片貼上網路之後，有一位叫『我殿1314』的網友轉了一句話和一條連結網址。」

「是什麼？」祁謙睜大眼睛表示了自己的好奇。

其實瞭解他的人都知道，他表情越多的時候越說明他在演戲。他早就知道是什麼了，只是為了節目的順利進行而必須這麼說。不過臺下的觀眾和電視機、電腦前面的觀眾不知道，所以那一刻有不少人都在低呼我殿萌爆了。

「那句話是『論基因的重要性』。連結的網頁是一篇很嚴肅的科學研究報告，由於長期共同生活在一起，腸道細菌微生態什麼的BALABALA會變得相似，而這個神奇的過程中，生活在一起的兩個人會在性格、行為、習慣等方面對彼此產生影響，進而變得相似，其中也包括相貌。也就是大家說的夫妻臉，又或者女性經期同頻。很多人在感慨，要是能跟你們父子長期住在一起，那基本上等於重生。怎麼樣，考慮一下讓我和我太太搬進你們家住唄？」

現場又一陣笑聲響起。不少人心裡跟著想：求同居，求重生！

「在最後，我想替我的同事以及上司問你一個問題。」洛浦生道。

「妳說。」

「今年第五十屆的選擇獎能再次邀請Dr. 李來當節目主持人嗎？」

洛浦生剛說完，全場就發出了驚呼聲。

C國選擇獎，由洛浦生所在的電視臺KT在五十年前創辦。是C國各式年度頒獎典禮中最特殊的一個，因為它沒有評審組，最受歡迎的電影、電視劇以及音樂等包羅萬象的獎項全部都由民眾自己投票決定。觀眾可以從各大雜誌上獲得選填表寄信，也可以打電話或者傳簡訊，網路投票則是最近二十年最受歡迎的管道。

今年C國選擇獎為了更加體現「完全由民眾投票決定」這一精神，交給民眾的第一個選擇就是——您希望由哪個角色或哪個明星來主持這一屆的選擇獎。

此前兩度主持過選擇獎的祁謙呼聲一直很高，而最讓人捧腹的是，祁謙最大的對手正是他自己飾演的角色Dr. 李。今天是票選截止的日子，就在祁謙和洛浦生談話的時候，Dr. 李以十分微妙的票數贏過了祁謙本人。

倒不是說祁謙本身不夠受歡迎，而是對比祁謙前兩次分別以Dr. 李的身分和劇組常駐角色一起主持，以及祁謙以自己的身分和朋友福爾斯一起主持之後，觀眾們還是覺得Dr. 李更搞笑一些。

「被自己演的角色打敗的感覺如何？」洛浦生特意把兩個不分伯仲的票數結果羅列對比放在了大螢幕上。

「很欣慰，這證明我演得很成功。」

之前阿羅已經替祁謙準備好了兩種不同的說法，無論是他自己贏了，還是Dr. 李贏了，他都知道該說些什麼。

「就像是三木水叔叔說的，『我是個作者，對於作者來說，最大的讚美正是別人記住了我的書，而不是我的臉』。以此類推，我是個演員，別人能記住我演的角色，就是對我職業最大的肯定。」

現場掌聲在場控的安排下熱烈的響了起來。

「說到角色，這次真的是最後一個問題了，《人艱不拆》要進入完結季了嗎？我是說，這部電視劇陪伴了我快十年，已經成為一個習慣了，如果結束了，我還真不知道每週五回家後晚上打開電視要看什麼。」

「很遺憾確實是要完結了。我們劇組所有的人都希望能夠完結在一個輝煌的時候，把最好的一面永遠的留給觀眾，而不是因為收視率不斷下滑，被迫砍大綱的窘迫。」

祁謙說得很誠懇，讓不少觀眾都接受了這個理由，並感受到了來自劇組和白氏電視臺的真誠。他們不只是為了賺錢而賺錢，也考慮到觀眾和電視劇本身的品質。

好吧，其實還有另一個原因——電視臺的高層很想繼續靠《人艱不拆》賺錢，就差扒著月沉的西裝褲跪求了，但抽風月就是不同意。用他自己的話來說就是「又膩了」，他再次想換一個玩意來突破自己的人生方向。

「戲劇再美，終有散場的時候，嗯？」

「是的。不過相信我，妳不會覺得寂寞的，白氏電視臺這次接檔的新劇，同樣也是一部十分優秀的電視劇，連我自己都在期待新劇第一集播出的週五坐在電視機前觀看。」

這其實才是祁謙上洛浦生脫口秀的主要目的，為《人艱不拆》的完結打預防針，以及為白氏自製的新劇進行宣傳。

阿羅覺得「和殿下一起看電視」會成為一個不錯的噱頭。

「那麼你呢？演完《人艱不拆》，之後有什麼打算？重新加盟一部新劇還是……？」洛浦生順勢問道。

「妳說過剛剛是最後一個問題的。」

「我保證你回答完這個就放你下去。」洛浦生故意誇張的假裝可憐道。

「好吧。」祁謙妥協，「我想這個應該已經不是什麼秘密了，大家差不多都猜到了，又或者是已經呼籲了很多年，《最後一個地球人》系列電影真的要出艾斯少將的番外篇《總有一天我會毀滅地球》了，我會在裡面演出年少時的艾斯少將，敬請期待。」

《地球人》系列前幾集電影裡也有艾斯少將小時候的回憶片段，演員正是祁謙。而隨著祁謙的年齡越來越大，特別是在即將要過十六歲這個敏感年齡段的時候——艾斯少將在番外篇裡正是十六歲的少年模樣——粉絲們強烈呼籲開拍《總有一天我會毀滅地球》的聲音一天高過一天。

再沒有誰會比殿下更適合飾演艾斯少將——粉絲們這樣說。

當然，這種言論也曾惹惱過演成年版艾斯少將的演員。一粉頂十黑，就是這個道理。

「那臺詞劇本你已經有了嗎？沒有也沒關係，我這邊有原著，只需要你以艾斯少將的口吻唸一句臺詞。」

「妳不會一開始就已經接到消息，故意在這裡等我的吧？」

《總有一天我會毀滅地球》即將開拍的消息並不是什麼秘密，最起碼從去年年底開始就已經不是什麼秘密了。

「Pppplease～」

祁謙無奈，閉上眼，深吸一口氣，當他再睜開眼時，濃得化不開的墨色眼睛變得銳利異常，他微微昂起下巴，看著洛浦生道：「跪下吧雜碎。」

「洒家這輩子值了！」

無數粉絲當時的心聲和洛浦生是一模一樣的。

如果說《人艱不拆》裡的Dr. 李是個中二病，那種會因為別人的智商跟不上自己節奏而表現倨傲的科學咖，那麼《毀滅地球》裡的少年艾斯就是個重度中二病，全宇宙著名的戰鬥種族中的貴族，他的驕傲甚至都不需要理由，只因為他是他。

奇怪的是，偏偏是這樣本不應該很討喜的角色，卻被無數書迷追捧，心甘情願的被「蹂躪」。C國演藝圈曾發生過一個類似的鬧劇，一個在某部電視劇中飾演愛搧人巴掌的壞人角色的女演員，被粉絲圍追堵截的跪求一搧。

「粉絲是彈性很強的一個群體，你S了他們就是M，你M了他們就是S。」裴越曾這樣對祁謙解釋，「所以要當個抖S，不要當個抖M，知道嗎？要不你會被欺負死的。」

◎◆◎◆◎◆◎

在一片粉絲誇張的傾倒聲中，祁謙終於退場，然後在後臺遇到了姍姍來遲的、會在最後作為壓軸出場的陳煜。

今年十九歲的陳煜已經可以用巨星來形容了。當年母親林珊讓他選擇A國製作的魔幻系列電影《光明紀元》獲得了空前絕後的成功，在國際的反響上是唯一可以和三木水的《地球人》比肩的大製作。這十年來，大部分人都已經習慣了每週五要看《人艱不拆》，每年夏天去電影院看《地球人》和《光明紀元》系列。

換句話就是，在別人眼裡，陳煜比祁謙成功。因為一個是電影演員，而另外一個是電視劇演員。很多人總會錯誤的覺得，電影要比電視劇高端。

當然，陳煜現在也實實在在是比祁謙身價高的。他們倆最近的一次聯絡，已經是五年前的事情了。

後臺偶遇，兩人相對沉默了一下，最終主動打招呼的還是陳煜，一如十年前。

「嗨。」

「嗨。」祁謙點點頭。

「好久不見，我估計還有一會兒才上臺，出去談？」陳煜發出邀請。

然後祁謙就跟著陳煜從演播大廳的後門出去，站在了周圍基本上沒人的空曠處。

「……我以為這次終於能換到一回你主動打招呼了，沒想到還是這樣。」陳煜自嘲的笑了笑，「五年前我就想問了，是不是無論我做什麼，你都不會當我是朋友？」

祁謙一愣，他沒想到一上來面對的就會是陳煜的責難，「我不明白你在說什麼。」

「五年前我跟自己打了個賭，看看如果我不主動發簡訊給你，你會多久才意識到要聯繫我。結果直至現在，我都沒等到你的一通電話或者簡訊。你不會問我怎麼了，也不會問我為什麼不再主動聯繫你。也許我媽媽說的才是對的，你根本從來沒有把我當作朋友過。」

祁謙本想解釋什麼，但最終還是決定不說了，只是問：「哦抱歉，五年前你怎麼了？」

「……你不覺得你問得有點晚？」

「我以為你想要我問。」

沒有阿羅提前準備好的劇本和臺詞，祁謙就還是十年前那個並不善交際的祁謙。他真的很難理解地球人的感情，喜歡什麼、想要什麼，直接跟他說就好，為什麼要藏著掖著呢？要是所有人都像祁避夏那樣就好了，只有對方直白的說出來，祁謙才會知道自己該怎麼做。

「是的，我是想要你問的，但那是在五年前！」

有些事情，能打電話就不要傳簡訊，能面談就不要打電話，因為不聽著對方的聲音、不看著對方的表情，你永遠都不知道自己的話有多傷人，而對方有多難過。

祁謙不知所措的看著陳煜，他真的不知道該如何回答這個問題。

陳煜苦笑的看著這樣的祁謙，最終還是心軟妥協了，問出了自己早就想問的問題：「當年你並不是落選，對嗎？而是根本沒有參加。導演告訴我說，我飾演的角色他當時其實是傾向於你的，可以說如果你去了，你就會得到那個角色，但是你沒有。為什麼？你看不起我？為了讓給我？」

「你為什麼會這麼想？」祁謙覺得腦補真是一件要不得的事情。

「那你要我怎麼想？在你六歲的生日派對上，我安慰你的時候，你是不是特別得意？嗤笑我不自量力？」自從五年前知道那位導演的想法之後，陳煜就無時無刻不在想著這件事，越想越糾結，忍不住就會往更深、更黑暗的方面想。

因為陳煜是真的很想、很想變得比祁謙成功，不是為了什麼名、什麼利，他只是希望祁謙能看著他、注視著他，就像皇帝聞欣小時候對大將軍那樣。

可惜期望越大，失望就會越大。無論陳煜怎麼做，祁謙都是一副不鹹不淡、冷冰冰的模樣，無論他有多成功，也無論他們之間有多大的差距，祁謙始終只是祁謙，那個好像一點都不關心他的祁謙。

「我並沒有那麼想。」祁謙平靜的回答。

「可是我不相信。」

「那就是你的問題。」祁謙覺得自己已經把該說的都說了。

陳煜看著祁謙笑了，「很多人跟我說你很冷漠、很薄情，我曾經不相信，但今天看來真的是受教了。」

「誰？」祁謙問道。

「嗯？」陳煜短暫的錯愕了一下。

「『很多人跟我說』，誰說的？」

「阿波羅和阿多尼斯，你對他們倆應該還有一些印象吧，畢竟他們和你共同錄過快半年的節目。」

雙胞胎也參演了《光明紀元》，戲分不重，卻部部不落。

「哦。」祁謙在心裡想著，這就說得通了。

「又是這一句，又是這一句！」陳煜終於還是爆發了，「說實話吧，是因為我的出身對嗎？你看不上我的原因。徐森長樂、福爾斯、甚至是被顧師言認了當乾孫女的顧格格，細數你選擇『朋友』的標準我就應該猜到的，只有他們和你是同一階級的人時，你才會正眼看他們。你寧可對著鏡頭假笑，也不肯給我一個笑臉！」

然後，祁謙就給了陳煜一個面對鏡頭時的笑容。

「你！」

「這不是你想要的嗎？」祁謙更困惑了，陳煜想讓他對他笑，他笑了，但為什麼陳煜看上去好像更生氣了？

「不，這不是我想要的！我不需要你面對粉絲時的假惺惺，ＯＫ？」

這一次祁謙終於生氣了，因為陳煜的話。

「我對我的粉絲是抱著最大的真心的！」

幹一行，愛一行，祁謙一直是個做事認真的性格，指責他不敬業就等於戳了他的逆鱗。

「哦？是嗎？真心？你是想告訴我，私下裡你也會像是和洛浦生採訪時的樣子？」

「不是。」祁謙很實誠的搖了搖頭，「那是阿羅事先準備好的臺詞。」

「那你怎麼好意思說是真心？」

「我確實是發自真心的在演著那個鏡頭前的角色啊。」祁謙不明所以的看著陳煜，「粉絲喜歡我、支持我，所以我想回報他們，盡一切可能的做著他們會喜歡看到的、會高興的事情，這難道不就是明星的工作嗎？帶給粉絲積極樂觀的心情。」

陳煜有點被繞暈了，他總覺得祁謙說的不對，卻又找不到那個不對的點，他只能乾巴巴的說：「但那並不是真正的你。」

「鏡頭前的你，就是百分之百的你了嗎？」祁謙反問。

其實，他曾經糾結過這個問題，直至祁避夏幫他解決了這個問題。

記憶裡的祁避夏這麼說——

「明星這個職業說到底就是為了娛樂，帶給別人積極面對人生、樂觀活下去的信念。也許這麼說很理想化，但我始終相信，明星是為了給別人當正面的榜樣才存在的。而不是為了讓他們喜歡明星肆意表現出來的、其實並不適合表現出來的一面。」

「那種所謂『我希望你們無論是我好的一面，還是壞的一面，都能喜歡我』的言論，在我看來是很不負責任的。你讓別人喜歡你什麼？酗酒、飆車、吸毒嗎？」

「我不是說明星都必須是一個範本中刻出來的公式化老好人，彰顯個性、有著獨特的個人風格同樣重要，因為我們每個人都是獨一無二、無與倫比的。但那並不代表你需要用觸犯法律和道德底線來體現。那不是個性，只是單純的獸性。」

「如果你想回報你的粉絲對你的喜歡，那就努力去飾演一個他們喜歡的『殿下』。看你是要讓他們開心，還是單純自私的要他們喜歡你——真正的你。」

「我有點不明白你的意思。」祁謙看著有點激動的祁避夏。

「換個說法吧！你覺得只會跟身邊的人不停抱怨，用最大的惡意揣測別人的人，和每天分享喜悅，從每個積極的角度去看待事情的人，哪個更能讓別人高興？」

「負能量和正能量相比，當然是選擇正能量。」

「所以啊，每個人都有正面與負面這兩種，而明星的意義就是只展現快樂、積極、堅強的那一面。你不是在欺騙他們什麼，只是把你不能帶給他們快樂的那一面隱藏了起來。你明白我的意思了嗎？」

祁謙點點頭，他想讓喜歡的人快樂，「但我不知道怎麼做。」

「所以阿羅才會提前替你寫好你要說的話，他是在幫助還不會做這些事的你去完成你想要做的事情。」

「但是你以前……」

「誰年輕的時候沒做過一點傻事呢？也是在那之後，我才明白了這個道理。可惜為時已晚，我已經變不成那樣的理想偶像了。但是沒關係，我還有你。」

回憶結束，祁謙再度直視著陳煜。

「我想讓我的粉絲快樂，我在盡我所能的做好我的本職工作，有錯嗎？」他聲調平穩的問陳煜，「很多事情我不知道該怎麼表達，但那並不代表我沒有心。如果我真的不把你當朋友，你以為我為什麼會耐心的站在這裡聽你指責我？我在想辦法讓許久不見的你感到開心，只是我不知道怎麼做，所以你說了，我就會做，可你還是不開心。」

這大概是祁謙說過的最長的話了。

「那你為什麼不主動聯繫我？」陳煜難過的看著祁謙。

「我發過簡訊給你，你回我說你很忙，你拍戲很累，要我短時間裡不要再找你，除非你聯繫我，我照做了。」

「那你為什麼剛剛不告訴我？」

「一開始聽你那麼說的時候，我以為那簡訊是你媽媽發的，你和你媽媽相依為命，你要我怎麼開這個口？當然，現在我知道了回那封簡訊的人還有可能是跟你一起拍戲的阿多尼斯和阿波羅，所以我就說了。」當然，或許還存在別的嫌疑人，只不過雙胞胎的嫌疑最大。

這次輪到陳煜尷尬的一句話都說不出來了。

「這個世界上不是只有你一個人受盡了委屈。蛋糕、福爾斯和格格也都在努力，你看不到，卻不代表那不存在。」

出身好是給了一些人高一點的起點，但那不表示他們一輩子都能靠那個起點活下去，甚至相反的，來自父母的名氣反而會成為他們的壓力，因為無論他們做出了什麼成就，別人首先想到的都只會是他們成功的父母。就像陳煜對福爾斯他們的揣測那樣。

祁謙一直覺得，在別人成功時，看到的應該是別人的努力，想到的也應該是自己要更加努力，而不是惡意揣測別人到底是靠著什麼歪門邪道的手段成功的，又或者自己要怎麼讓對方成功不了。有這種想法的人，這輩子又能有多大的出息呢？

祁謙說完話就直接離開了，沒再看站在原地的陳煜一眼。

◎◆◎◆◎◆◎

ＫＴ電視臺在三十三天裡，和祁避夏的家離得很近，不到半個小時，祁謙就回到家了。

「你為什麼在家裡？」因為和朋友爭吵而脾氣不太好的祁謙皺眉看著祁避夏。

「兒子你終於進入叛逆期，討厭爸爸了嗎？」祁避夏哭喪著臉。無論他多少歲，他總能做到比他兒子幼稚很多。

「我以為你在約會。」

這十年裡，祁避夏前後也交往了不少戀愛對象，卻遲遲沒能定下來一個人。

「我和她分了。」祁避夏聳肩，「她潑了我一身紅酒，然後我就回家了。」

「因為她不肯簽那份見鬼的協議？」

「是啊。」祁避夏理直氣壯的點點頭，「你知道她有多過分？她竟然詛咒我說早晚有天你會變成不孝子，拋棄我！還跟我擺事實講道理，說什麼溺子如殺子，現在有多少富一代和富二代反目成仇，都是富一代沒教好孩子。但這個道理很多年前我就已經明白了好嗎？我覺得我已經做得很好了，我才沒有溺愛你呢，是很合乎尺度的父愛。而她呢，說得再天花亂墜還不就是圖我的錢！她要是真的愛我，又為什麼不能簽那份協議？」

「如果有人跟你說，我和你結婚可以，但我的錢全部都要留給我以前的孩子，一分錢都不會給你，也不會給你和我的孩子，你會高興嗎？」祁謙反問。

「為什麼不？我又不缺她的錢。正好我還可以以此作為交換條件把我的錢留給你。」

「我不需要你的錢！」祁謙不知道自己已經對祁避夏說過多少回了，「聽著，我知道你想對我好，但是我自己賺的錢真的已經足夠養活我自己了，哪怕我現在不再演戲也夠我過一輩子。你不用再擔心我了。反倒是你，你已經老大不小了，找個人結婚吧。我會保護好自己不受你妻子『虐待』的，我也不怕你未來的孩子跟我爭什麼。」

祁謙一直都是在不熟的人面前可以一句話不說，只在很親近的人面前才能放開了說，好比除夕，現在又加上了祁避夏。

「這些話是不是白秋小哥他們讓你學來跟我說的？他們強迫你了？」祁避夏的思維總是很神奇。

「沒人強迫我，這就是我的想法，你怎麼老是不明白呢？你想對我好，我又何嘗不想對你好？」

「我現在就很好。」祁避夏以一種「不明白的是你」的眼神看著祁謙，「沒人可以阻擋我給你幸福，哪怕是你自己也不可以。我也當過孩子，我知道孩子的想法，嘴上說著不介意父母再生個弟弟妹妹，但其實呢？我父母要是真的生了弟弟妹妹，我掐死他們的心都有。」

祁避夏是獨生子女，並且堅持認為家裡有一個孩子就足夠了。

「但白冬大伯他們的關係就很親密，還能在事業上互相幫助。而且，你覺得一個小我十六歲的弟弟妹妹能威脅到我什麼？」

「可是我害怕啊！賈仁還是我媽媽的親弟弟呢，他拋棄我，拿走我媽媽的遺產時，動作不也十分俐落？說起白冬大哥他們，呵呵，你以為他們以前的關係能好到哪裡去？說什麼不坐同一輛車、不乘同一班飛機是為了不讓人把白家一窩端了。但其實呢？安娜大姐當年嫁給齊家老三的時候，你知道白冬大哥差點把她趕出家門嗎？」

「……為什麼？」

「因為齊家老三比安娜大姐大了至少十歲。白冬大哥表示白家丟不起那個人，他不想讓人誤會白家是什麼賣女求榮的家族。那個時候白家還沒有齊家勢力大……越是想自己努力的人，越怕別人說自己抱人大腿，就是這個道理。你不也是不允許我再於事業上為你提供便利了嘛？」

祁謙贊同的點點頭，正準備繼續問當年的糾葛，這才猛然意識到這就是祁避夏的目的。

「別以為轉移話題能成功，你已經不是二十歲了，你需要一個家庭。」

「隔壁的裴越比我還大呢，他至今不也沒結婚？」祁避夏不以為意。

「他是個 GAY，好歹還有個對頭冤家，你呢？」

「GAY 沒人權啊？你怎麼能歧視 GAY？」

每當祁避夏不想和祁謙說什麼的時候，他就開始插科打諢。

祁謙根本不為所動，「今年的目標，找個對象！」

「我有對象啊。」

祁避夏的床伴還是不斷的，作為一個花心蘿蔔渣，他一直很出色，從未被超越。祁避夏牌床伴，治腎虧，不含糖。

「固定對象，以結婚為目的的那種。」祁謙很堅持。

「只要對方簽協議。」祁避夏也很堅持。

「別拿協議做甩人的藉口，我還不知道你？每次膩了誰，你就會拿協議說事。」

「我這不是怕了嘛……還記得之前那個謊稱懷了我孩子的女人嗎？表面上說只是想給孩子一個爸，溫柔嫻淑又堅強大方。結果呢？背後又是怎麼說你的？那些不堪入耳的話我都不想重複。」

祁避夏不是沒想過要替祁謙找個母親，只是在遇到那麼一個女人之後，他一朝被蛇咬、十年怕井繩的病又犯了。

「我也沒讓她討到什麼好處。她以為故意激怒我，讓我推她或者打她，她就可以『流掉孩子』，但我從一開始就感覺得出來她根本沒懷孕。」因為他聽不到另外一個心跳聲。

「所以啊，那次是你機智，躲過去了。但是萬一下次沒躲過呢？哪天別人挑撥我們父子關係真的挑撥成功了，你該怎麼辦？我害怕這麼愛著你的我，最後反而變成傷你最深的人，你明白嗎？」

祁避夏終於說了他最害怕的地方，他怕自己變成舅舅賈仁。

賈仁以前對祁避夏是真的很好，他會費盡心思的逗祁避夏開心，他會為了維護祁避夏與別人拚命……也因此，他最後的背叛才會顯得那麼不可原諒。

「那種痛苦，我不想你也經歷一次。」

「抱歉。」祁謙再次被祁避夏說服了。

「那麼，來說說吧，你回來的時候為什麼那麼怒氣衝衝的？誰惹你不開心了？」

祁謙坐到祁避夏身邊，開始訴說他今天遇到陳煜的點點滴滴。

祁避夏一邊輕聲安慰著兒子，一邊心裡想著：哼哼哼，還不是被我轉移了話題？我有對付兒子的特殊技巧！必須給自己按個讚！

×月○日 第十四篇日記

爸爸的緋聞男友

每天都覺得自己比昨天更聰明了那麼一點點的祁避夏，十年如一日的在早上六點五十分起床，換上運動服，簡單進行一下梳洗，然後準時在七點整開始陪兒子出門跑步，懷著今天的自己也是萌萌噠的心情一直跑到八點回家吃……營養早餐。

「離我上次生病都過去十年了，為什麼我還要吃這個玩意！」

每每看著盤子裡傳說中日照十八個小時的生菜葉和小番茄，祁謙就有想掀桌的衝動。到現在還只是四尾的他，怎麼想都是這些蔬菜大BOSS的錯，還有當年那個他想開除卻至今都沒能開除，可能要在祁家養老的營養師的錯。

「你都吃十年了，為什麼還是不習慣呢？」祁避夏機智的反問。

「……」祁謙怒視祁避夏。

祁避夏得意洋洋的想著：要是我自稱自己的智慧天下第二……

「就沒人敢稱自己是第三了。」祁謙愉快的接口道。

「你！」

就在祁氏父子進行每日的有愛日常時，他們的手機同時響了起來。父子倆相視一眼，達成「暫時存檔，一會兒再戰」的協定，然後才分別接起了電話。

祁謙這邊的電話來自裴安之：「抱歉，我那個糟心的兒子二越把你爸爸也帶歪了。」

「嗯？」祁謙聽得有點莫名其妙，「帶歪什麼了？」

「你沒看今天的報紙？」

「還沒來得及看，報紙上有什麼嗎？」

娛樂頭條上有什麼？這個也是阿羅正在跟祁避夏打電話探討的問題。

已是一個五歲孩子的爸了，阿羅吼起人來依舊中氣十足：「你們父子倆是商量好一起氣我的嗎？！嗯？今天各大報紙雜誌、入口網站的頭條，一半被你兒子祁謙和陳煜疑似爭吵的新聞占據，一半則是你祁避夏和球王費爾南多公然出櫃的攬基新聞，還真有你們的啊！」

「你慢點說，謙寶怎麼了？」這是祁避夏關注的焦點。

「你說什麼？我爸爸和費爾南多？」這是祁謙關注的部分。

然後打著電話的父子倆一起看向了對方，最終祁氏父子、阿羅以及裴安之在祁家的早餐桌上，開了個短暫而又神奇的電話會議。

「你先說！」祁謙和祁避夏同時對彼此如是說。

「為什麼是我？」X2

「你的問題更嚴重！」X2

「你們倆都給我閉嘴，一個一個說，誰都跑不了，從祁謙開始。」阿羅一錘定音，祁氏父子這兩年是越來越像了，但他沒想到在惹事方面祁謙也能學得這麼不鳴則已一鳴驚人。

「對，從謙寶開始，你昨天雖然跟我說了你和陳煜談話的事，可沒說他欺負你了！」哪怕報紙上寫的是疑似爭吵，並且更傾向於是祁謙有錯，但祁避夏還是能透過現象看到本質，直覺是自己的兒子被欺負了。

但無論如何，這則報導配上照片的真實性是連祁避夏都毫不懷疑的，他們真的在吵架。

而這，正是最要命的。

「你昨天就已經知道這件事了？！」阿羅打斷了祁避夏的話，表情變得更加生氣，狠狠的踩下腳上的油門。他正在一邊打電話，一邊驅車趕來的路上，「祁謙和別人發生口角，他沒有這方面的應對經驗也就算了，你因為負面報導上了多少回報紙了？你竟然在知道後的第一時間也沒想到要告訴我？」

祁避夏快要被自己蠢哭了！是啊，他昨天明明已經想到了，涉及到明星，又或者可以說陳煜和祁謙這兩個頗受關注的明星，他們的一舉一動裡就沒有小事，但是到最後他怎麼能忘記向阿羅報備呢？忘記也就算了，如今怎麼還說了出來，讓阿羅知道他忘記了呢！QAQ

裴安之不屑的看了一眼祁避夏，嗤笑的想著「蠢」真是一種治癒不了的頑疾。他緩緩的說道：「祁避夏知不知道祁謙的事情暫時不好說，但他肯定是知道自己的情況的，他和費爾南多可是公開出櫃了呢。」

「不是說好了先說謙寶嘛？」早死晚死都是死，但祁避夏還是想能拖延就拖延。

「因為我對你的性取向更感興趣一點，你有意見？」裴安之瞇眼，微笑。

祁避夏這才意識到他剛剛反駁的人是裴安之，那個恐怖的裴安之啊啊啊！小時候他媽媽最喜歡用「你要是不聽話就讓裴爺爺來把你抓走」恐嚇他了有木有！於是祁避夏再次變成了那個遇到裴安之連個完整句子都說不清楚的可憐青年，他將目光投向阿羅，寄希望於他能堅持自己的原則。

「嗯，我也覺得先從祁避夏開始比較合適。」阿羅簡直不能更諂媚。開玩笑，他又不是超人，他也怕裴安之好嗎？

叛徒！祁避夏的眼神裡傳達著這樣強烈的情感。然後他又看向了祁謙。

祁謙默默的把臉轉向了陽光正好的窗外，他也想晚點死好嗎！順便，祁謙用谷娘眼鏡在微信發了訊息給裴安之：【GJ！】

【不客氣。】裴安之回的也十分快速。

好基友，一輩子。

眾叛親離的祁避夏，感覺自己彷彿能聽到背景音裡淒涼的二胡聲了，在三人共同的「老實交代」的眼神中，祁避夏把昨天下午真實的故事和盤托出。

他昨天之所以那麼早回家，確實是因為和他前不久交往的女伴分手了，只不過分手的理由並不是祁謙猜測的協議問題。

「你騙我！」祁謙很不滿。

「準確的說，親愛的，我沒有騙你，只是沒有反駁你。」祁避夏早就準備好了應對兒子的說辭。

但很顯然，這種找揍的說法祁謙是不會接受的。

然後，祁避夏懷著苦逼的心情繼續了他的故事。

祁避夏昨天提早完成通告，得以比預定的時間早三個小時去飯店接他來自國外的女伴，結果正好撞破了他女伴和赫拉克勒斯之間的姦情。

這裡必須要說句公道話，赫拉克勒斯並不知道那是祁避夏的女伴，而女伴也不知道祁避夏和赫拉克勒斯之間的恩怨。

但祁避夏不知道這些，按照以往的思路，他毫不懷疑這是赫拉克勒斯又一次為了噁心他而故意為之的，要不為什麼開門時赫拉克勒斯只圍了一條浴巾，那個女人更是渾身赤裸的躺在客廳的地毯上，而不是臥室的床上，怎麼想都像是故意的。一時衝動，祁避夏就上手了。

就祁避夏那個小身板，肯定是打不過比他高了一頭還渾身肌肉的赫拉克勒斯。

幸而這個時候，同住一層的費爾南多殺了出來，英雄救……英雄，拉開了祁避夏和赫拉克勒斯，然後不管青紅皂白的就上去替祁避夏打了赫拉克勒斯一頓。

再然後，他們兩人就囂張的揚長而去，等回到費爾南多的房間，這才說清楚始末。

「你小子行啊，夠意思！」祁避夏高興極了，他從小就沒什麼是非觀，十分喜歡費爾南多這種在還不知道對錯就已經選擇站在他這邊、幫他出氣的舉動，「不過你不怕赫拉克勒斯到時候告你了？球王打影帝，多聳動的標題。」

「小三人人得而誅之，我只是幫朋友出氣。」費爾南多當年初到ＬＶ市，自覺頗受祁氏父子照顧，一直很想償還那份恩情，可是沒等到祁避夏父子需要他做什麼，他已經又因為一些事情轉到Ｓ市，只能將這份恩情掛在心頭，直至今天終於有了用武之地，「我才從Ｓ市過來，沒帶幾件衣服，如今只有我昨天穿過的那件，飯店剛洗好送了上來，你介意嗎？」

祁避夏的上衣在剛剛和赫拉克勒斯的打架中被扯壞了，本來他想說讓助理幫他買一件新的，但現在費爾南多有現成的，就不用那麼麻煩了，他本身也沒什麼新舊的講究，只要乾淨就成，那是一件不那麼要求身材的Ｔ恤衫。

「要是那女的不承認她之前在和我交往呢？」祁避夏一邊換衣服，一邊問費爾南多。

「不要忘了，赫拉克勒斯可是有老婆孩子的人，還標榜是新世紀的好男人呢，他有那個臉敢把這事爆出來？」費爾南多在很多年前就已經從祁謙那裡得知了祁避夏和赫拉克勒斯之間的恩怨，很是同仇敵愾，與祁謙一起討厭赫拉克勒斯。

其實，以前祁避夏沒怎麼把費爾南多當朋友，他只覺得對方是個討厭的、跟他搶兒子的人，總會出現在他們父子身邊，簡直神煩，哪怕後來轉去了S市的球隊，也依舊陰魂不散。而就在今天，祁避夏感受到了對方陰魂不散的好處，「剛剛真是謝啦，要不我的一世英名可就毀了。」

費爾南多對祁避夏有一世英名這個說法持保留意見。

之後，祁避夏從飯店裡被費爾南多送出來，穿著費爾南多昨天下飛機時穿的T恤衫的模樣被蹲守在飯店門口的狗仔拍了個清清楚楚，再一聯想和祁避夏交好的裴越在很多年前的高調出櫃……連夜加班加點，各種浮想聯翩、天馬行空的腦補，就被全C國都知道了。

祁避夏這事並沒什麼真料，報導基本上靠的都是捕風捉影的看圖說話。

但兩人一起從飯店裡出來，一人穿著另外一人昨天的衣服，確實挺微妙的。

當年裴越出櫃的時候，祁避夏作為裴越的好友又是第一個站出來表示了祝賀。雖然現在國家已經允許同性戀結婚了，但多少還是會被人多想一下，好比同性戀的朋友也是同性戀什麼的。

再加上最要命的，十年前費爾南多剛來ＬＶ市時是借住在祁避夏家，別人可不會管你祁避夏晚上是不是住在那裡，他們只認那房主寫的是祁避夏的名字，誰知道十年前的晚上你們倆到底是怎麼睡的？

這一樁樁、一件件，分開來看都能有個合理的解釋，但連在一起，不斷的發生在兩個人身上，就由不得別人不想歪了，對吧？

費爾南多、祁避夏一起幫祁謙過生日吹蠟燭的照片被公布到網路上之後，妥妥的一家三口啊！很多人都在想著，怪不得祁避夏換女友比換衣服還勤，根本是在拿別人當擋箭牌啊！你說你是同性戀就大大方方的承認唄，同性戀又不是什麼見不得人的事情，這麼遮遮掩掩有意思？！

現在網路上的言論已經從祁避夏到底是不是個同性戀，演變成了討伐他身為同性戀卻故意遮掩的這件事情上，這也算是一種另類的歧視同性戀吧？

不管這個說法有多神奇，大部分人還真的接受了。

再不發表聲明，大概過幾天祁謙其實就是祁避夏和費爾南多兩人的兒子的傳聞都能跑出來。可是困難的地方在於，該如何發表他們之間真的沒什麼的證明。

世界就是這麼奇怪，本來你沒做過的事情，有人只是提出個似是而非的懷疑，就需要你費盡心力才能自證。很奇怪，不是嗎？難道不應該是那個提出懷疑的人先給出板上釘釘的事實真相，再讓別人反駁嗎？怎麼對方只是懷疑了一下，就需要被懷疑者使勁的證明自己呢？證明了還不一定會被人完全相信，他們會在證明之後說既然你不是，那你這麼急著證明幹什麼？要別人給證據的是他們，別人給了又說欲蓋彌彰的也是他們。

網路上的論壇有時候就是這麼糟糕，神邏輯比比皆是，還總覺得自己特別有理。

費爾南多的經紀人也加入了這次的電話會議，透過網路視訊，費爾南多正和他在一起。這個時候費爾南多肯定是不能再來祁避夏家的，除非嫌他們倆的事還傳得不夠真。

比起祁避夏，費爾南多受到的責難更大，體育運動和軍隊是兩個最難對同性戀報以寬容態度的地方。雖然國家這些年一直都在呼籲平等，體育界和軍界也都有所鬆動，但總體來說大格局還是不夠開放。費爾南多作為繼蘇蹴之後的又一代球王，整個球壇的領軍人物，他和同性戀扯上緋聞，尤其的難以被接受。

「為什麼你們不能照實說呢？」一旁的祁謙發問，「赫拉克勒斯婚內出軌，跟爸爸的女友有染，是個男人都容忍不了腦袋上綠油油的吧？」

「因為我們沒有證據。」祁避夏無奈。

祁避夏是去找女友約會的，又不是故意去捉姦的，自然不會自帶攝影機又或者打開手機錄影。至於飯店的監視器，也只有拍到走廊的影像，頂多看到祁避夏走進房間，然後沒多久費爾南多也走進去了，連開門的赫拉克勒斯都照不到，因為門兩邊是凹進去的設計，特意為保護客人隱私而弄的。

「到時候赫拉克勒斯和那個女人再反咬一口，就更說不清楚了。甚至我懷疑我和費爾這事能一夜之間傳得鋪天蓋地，就是赫拉克勒斯搞的鬼，他最愛耍這種手段了。」

「這虧不能白吃。」祁謙道。

「所以我們這不就是在想辦法了嘛！大人的事，小孩少摻和，嗯？」祁避夏揉了揉兒子的頭，他不想把祁謙也牽扯進來，「你自己還有一堆麻煩事呢。」

「我的事解決了。」

「什麼？」全場一愣。

「陳煜剛剛在微信上跟我說好了，一會兒來家裡做客。」意思差不多就是他要來親自商量解決這件事了。

阿羅一個緊急剎車，差點撞到路邊的樹上，他是真沒想到陳煜會來。他對陳煜不瞭解，但對他那個吸血鬼一樣的母親林珊可是十分瞭解，典型的利己主義，又或者是只要對她兒子的名氣和地位有利的事情，她就會去做。林珊特別的翻臉無情，這件事情一爆出，很難保證她會不會把陳煜擺在一個受害者的角度來炒作，畢竟現在的輿論是站在陳煜這一邊的。

祁謙以前沒什麼不良事件，但很多媒體都在盼望著祁謙墮落，畢竟這樣他們會有不少話題可寫，盼星星盼月亮的盼了這麼多年，祁謙卻始終潔身自好得令人髮指，好不容易出一回事，那自然是要大肆報導的，新聞標題的聳動性都不輸給祁避夏出櫃事件。甚至還有把父子倆羅列在一起當頭條，同一天一起出事，上陣父子兵啊！他們想炒作「有什麼樣的老子就只能有什麼樣的兒子，祁避夏根本不會教兒子」已經很多年了。

陳煜在經過昨天的談話之後，很夠意思的主動解決了這個煩惱，他到達祁謙家之後，第一件事就是笑著問祁謙：「介意合拍一張嗎？」

祁謙一愣。

已經趕到祁家的阿羅和久經沙場的祁避夏一瞬間就明白了陳煜的意思，很是滿意的看向陳煜。祁避夏一開始對鬧出這一幕的陳煜的那點小小不快，也就隨之煙消雲散了。

陳煜的意思其實很簡單，面對網路上的謠言，急著解釋只會讓人覺得兩人之間真的有問題，不如用事實說話，謠言自然不攻而破。

陳煜把他和祁謙在祁家客廳的親密合影發在了自己的微博上：「昨天回國錄《洛浦生脫口秀》遇到了好哥們祁謙，今天受邀來他家做客，多年不見，彼此的變化都很大。但我依舊想說，殿下，汝之意志，即為吾之利劍之所向，十年不離，十年不棄。」

最後一句是月沉當年《弄死朕》電影一開始，大將軍對在戰火中被黃袍加身的聞欣說過的臺詞。當時大將軍和還是皇子的聞欣分離了有十年，但他那顆效忠聞欣的心卻從未變過，而正是這十年間訓練的虎狼之師，成為擁護聞欣登上九五之尊的絕對力量，但卻也因為這支勢不可擋的軍隊，埋下了日後大將軍會被聞欣所猜忌殺害的悲劇隱患。

十年的誓言言猶在耳，你說得認真，我卻一個字都不信——這是萌了「大將軍X聞欣」這個虐戀情深配對的網友最愛在文裡寫的一句話。

陳煜的微博不僅大大方方澄清了他與祁謙不和的消息純屬造謠，順便還把粉絲的注意力都集中到了掐配對的問題上，好比關於殿下的官配應該是蛋糕，又或者「大將軍X聞欣」沒有「聞欣X大將軍」來得帶感什麼的。

反正沒人關心陳煜和祁謙昨天在演播大廳外面到底是說話還是吵架了，大家只關心他們在私下裡有沒有幹點羞羞的事情。

◎◆◎◆◎◆◎

陳煜在祁謙家吃過午飯後才離開，心情一直不錯，他甚至有點想要感謝這次的新聞八卦了，因為這事而拉近了他和祁謙的關係。祁謙需要他，想想就覺得很開心。

結果一回到家，陳煜就遭到母親林珊揚手的一巴掌。

「媽？」

「你都幹了什麼？」畫著精緻妝容的林珊此時的表情扭曲極了。

「我幹什麼了？」從小被管制，陳煜已經習慣了母親偶爾的神經質，大部分時間她還是愛他的，只有少數時候她才會如此，出發點也是關心他的事業，所以他一直都在盡可能的遷就她。

「我好不容易才請動維耶少爺幫忙把這件事情搞大，結果你倒好，居然主動上門發微博解釋，你是想害死我嗎？！」

「媽媽，妳在說什麼？這事是妳做的？」陳煜不可置信的看著自己的母親。

「要不為什麼會那麼巧，在演播室外面會有狗仔拍攝！」林珊早就知道那天陳煜會和祁謙對上，她一直在準備這件事，也是她故意沒有告訴陳煜，洛浦生的第一個嘉賓正是祁謙。她不能給陳煜準備的時間，那樣陳煜就沒辦法按照她的劇本走了。

陳煜想不明白他母親這麼做的理由，「妳為什麼要這麼做？」

「還、還不是因為那個祁謙讓你傷心了？我只是給他一個小小的教訓。而且還能順便提升你在國內的形象，有什麼錯嗎？你自己也是知道自己情況的，這些年你一直在A國拍戲，名氣是有了，但牆裡開花牆外香，在國內還是沒有祁謙出名，利用他正好……」

「媽媽，我不喜歡妳這麼做，祁謙是我的朋友！」陳煜嚴肅的打斷了母親的話，「他是這些年來我唯一的朋友，妳不要再做這些了。祁謙人很好，妳這樣做會讓我很為難。」

「朋友？投資了《光明紀元》的維耶少爺才是你的朋友。」林珊嚴厲的對兒子說道。

「我會打電話向維耶解釋的，這件事情妳別插手。」陳煜說完就上了樓，他很少會反駁母親的決定，可一旦是他決定的事，他母親也別想改變。

維耶正是那個說祁謙寡情的人之一。

在聽到陳煜與祁謙又和好了之後，他一臉恨鐵不成鋼的透過視訊對陳煜說：「你以為全世界都像你這麼傻嗎？祁謙六歲出道，能有如今的成功，也不是全靠他父親祁避夏的。你覺得這樣的人會沒有心機？你把對方當朋友，他把你當朋友了嗎？」

「我發現你對祁謙的成見好像很大啊，你和他認識？」

「不認識。」維耶回答得很果斷，「我聽阿多尼斯和阿波羅說的。你也知道阿多尼斯家裡的情況，他們當年好歹也在一起那麼久，祁謙卻對阿多尼斯和阿波羅的求救視而不見，你覺得他還能好？」

維耶是A國十大集團其中一家的少爺，A國和C國的混血，家裡只有他一個孩子，沒什麼朋友，直至《光明紀元》開拍之後才認識了陳煜和雙胞胎，四人的關係一直很好。在陳煜看來，維耶沒什麼壞心思，就是有時候太單純了，反而會被人利用，好比被雙胞胎利用朋友情誼誤導。

有時候就是這樣，人們做過的後悔事裡，肯定有為了某個已經不再是朋友的朋友而深切的誤會、討厭過某個人。

「你真的相信雙胞胎嗎？」比起雙胞胎，陳煜和維耶的關係要更好一些。聯想到昨天祁謙對他說的發簡訊的事，陳煜覺得他應該對維耶提個醒。

「信啊，我們是朋友嘛。怎麼了？」維耶好奇問道。

陳煜把關於簡訊的事情向維耶說了一遍，最後說道：「我只告訴你，你別告訴別人。這事到底是誰做的我還不清楚，我不想隨便冤枉人。」

「好的。」維耶答應得痛快。

但秘密往往之所以會被傳開，就是因為這句——我只告訴你，你別告訴別人。

◎◆◎◆◎◆◎

祁謙前面跟祁避夏說「這虧不能白吃」的時候是很認真的，祁避夏沒有錄影當證據，那他就幫祁避夏製造一個「證據」出來。

2B250 既然能類比祁謙的過去和除夕的成長軌跡，模擬赫拉克勒斯的愛情動作片自然也不是問題。

但真正的問題是：怎麼喚醒 2B250？

為了方便 2B250 隨時掌控除夕的身體改造情況，祁謙把它直接安置在除夕的身體裡，而為了節省能量，祁謙當初對 2B250 下達的命令選項是最嚴格的「如無意外情況，完全不允許與外界連結」。

至於什麼是意外情況，祁謙目前只知道一種，就是上次除夕意外的醒了過來，2B250 也跟著重見天日。

也就是說，想召喚出 2B250，必須先叫醒除夕。但除夕沉睡了近十年，現在不是已經進行到了身體改造的最關鍵步驟，就是也快了，祁謙不想除夕的改造出現任何差池。這讓祁謙為難極了，因為一邊是除夕，一邊是祁避夏……

看著房間裡的駕駛艙，祁謙已經來回踱步了很長時間，思考著有沒有別的什麼方法可以在不驚動除夕的情況下，聯繫上 2B250。

「主人、主人，在什麼情況我能連結外界的駕駛艙？」

「什麼情況下也不行！」

「除夕醒了也不行？」

「……可以。但如果除夕沒醒，哪怕是世界末日，只要治療艙沒被破壞，你就必須堅持完成改造。如果治療艙附近出現巨大的能量波動，你也可以出來探測，並進行自主判斷是否中斷改造，喚醒除夕，在不會導致除夕死亡的前提條件下。」

祁謙回憶起當日情急之下的對話，他意識到他還可以用巨大的能量波動來刺激治療艙，引得 2B250 短暫的連接駕駛艙查看附近情況，進而聯繫上它。

想足夠衝擊治療艙又不破壞它的能量，自然就是用祁謙的尾巴替治療艙充能了。這樣既不會打擾到除夕，祁避夏也有救了，唯一要損失的只有祁謙的一條尾巴。這尾巴也不算是白白浪費，頂多當是提前充能了，誰知道除夕還要多久才醒，對吧？

祁謙一遍又一遍在心裡用這樣的說法說服自己。

只是、只是真的很捨不得啊，不集齊四條尾巴，他這輩子也別想長出五尾來，而不長出五尾，他就沒辦法成年……祁謙摸了摸自己幾經波折的四條尾巴，遺憾的想著還是必須要用掉「一尾君」啊，即便再捨不得。

這已經是他長的第四次「一尾君」了。小時候在 α 星生長出來，第一次為了救祁避夏而使用；第二次是在B洲世界盃的時候，為了維持十年的駕駛艙能量而用，還用了兩次；這第四次長出來還沒幾年呢，又要被用了。只能說是命途多舛嗎？決定了，以後「一尾君」就正式改名叫「命途多舛的一尾君」吧。

祁謙把心一橫，「命途多舛的一尾君」就化作了替治療艙補給的巨大能量。

光腦 2B250 隨之透過駕駛艙的發聲系統出現了：「嗷嗷嗷——能量好充沛！主人主人，您終於進化成壕了嗎？有幾條尾巴了？求多給點讓我能連網，沒有網路的日子不開心。」

2B250 裝載在祁謙身上的時候，隨便吸收一點點祁謙的能量就足夠它運轉下去，透過外界隨處可見的 Wi-Fi 信號，它可以出現在地球網路上的任何一處，那麼大的地方、那麼多的信息量，夠它玩很長時間了。但當它裝載在除夕身上的時候，它就只能跟自己玩，都快得幽閉恐懼症了。

「除夕沒醒之前，你只能在他身體裡陪他一起斷網。」祁謙殘酷的打斷 2B250 的妄想，未避免 2B250 繼續廢話耗費能量，祁謙快速的進入了正題，簡單的將赫拉克勒斯的事情交代一下，「……得到真正的錄影最好，實在沒有就製造一份。」

「好噠，請稍後，系統正在檢索中。」

2B250 眾多缺點中最不能忍的就是慢，以及在運作時的能耗大。祁謙只能眼巴巴的看著自己剛剛才充進去的能量，以一個讓他恨不得殺了 2B250 的速度開始往下狂掉，而 2B250 的檢索卻遲遲沒有結束。

用幾年時間積蓄的能量，光腦花出去卻只需要一瞬間。那酸爽，簡直無法言說。

「你最好別讓我知道你偷偷趁著檢索又去幹了些別的什麼。」祁謙咬牙。

「……怎、怎麼可能！主人您要相信 2B250 對您的忠心啊！」

在α星時，忠心脫線的 2B250 不值一提，但在地球上，只有祁謙一個α星人，沒有光腦監督員的時候，它的忠心就顯得特別難能可貴了。要是換成別的為了追求更加高端的能力而縮小束縛的新型光腦，就輪不到祁謙來威脅誰了。

十五分鐘之後，影片出現了。2B250 邀功道：「不是製作出來的喲，而是那天真正的實況，有沒有很厲害！」

「你是怎麼找到的？」如果有影片存在，祁避夏不可能拿不到。

「赫拉克勒斯自己的電腦裡儲存的。」

「……什麼？」祁謙有點不敢相信自己的耳朵。

「他自己的筆記型電腦裡儲存的。影片裡還有主人您爸爸和那個叫費爾南多的地球人進入房間的畫面。」2B250盡心盡職的將它知道的都彙報給祁謙。

2B250在搜索了整棟飯店及其附近的大廈，都沒有找到相關的錄影後，它就打算自己動手製作了。為了有個清晰的樣本，它潛進赫拉克勒斯和其家庭成員名下住宅裡的一切通訊存放裝置，像是桌機型電腦、筆記型電腦、谷娘眼鏡、平板電腦以及手機等，目的是為了找到更多有赫拉克勒斯的日常影片，然後以此為藍本進行製作。

結果萬萬沒想到，2B250卻發現了原版影片，以及更有料的東西。

「那個筆記型電腦的硬碟裡有很多類似的影片、照片，還有和男人的，和人妖的，一群人的。哇哦好重口，各種姿勢高清無碼，主人我能自己拷貝一套，聊以慰藉漫漫長夜嗎？」

祁謙總是很難理解地球人的想法，好比赫拉克勒斯居然留著自己婚內出軌的證據……這是生怕別人不知道他都幹了什麼嗎？最重要的是，有這樣的東西在電腦裡，他竟然還敢連結網路？

「他沒連網，但是他筆記型電腦的Wi-Fi搜索開關是開著的，所以即便沒有連網，我也能悄悄用Wi-Fi連上。」2B250解釋道。

一般的筆記型電腦都會在側面有一個接受Wi-Fi或者不接受Wi-Fi的開關設置，只有保證那個開關開著，筆記型電腦才有可能在頁面上搜索到Wi-Fi信號。而一般的筆記型電腦出廠時，那個開關設置是預設開啟的狀態，由於位置很偏，很多人其實根本都不知道有這麼一個東西存在。

「Good job。看看他那臺筆記型電腦裡還有沒有別的東西，一併拷貝給我。」他一定會好好利用這些的。

「那您要怎麼跟您父親解釋？您駭了赫拉克勒斯的電腦？」2B250一邊將拷貝下來的檔案分門別類的壓縮傳送到祁謙的電腦裡，一邊問道。

「為什麼不？」

「您還記得您是個電腦白痴嗎？主人？」

祁謙會用電腦，也是玩遊戲的高手，但他並不懂電腦，二進位碼他能死記硬背的記下，卻完全不會運用。不要說α星了，哪怕是地球上這些落後的科技他也玩不轉。要是他行，他也不會只是因為飛船損毀就被困在地球上了。

「你簡直神煩！」祁謙不信邪道。他覺得他不在行的只是α星的那些東西，地球這麼落後，又有什麼是能難得了他的呢？

「如果您爸爸讓您再演示一遍，您會嗎？」2B250提出了一種可能，順便在心裡替祁謙回答道：當然不會，您要是會，也就不用浪費一條尾巴的能量來叫醒我了。

「我沒有浪費，只是提前儲存能量。」祁謙嘴硬道。

「需要我幫您在駕駛艙設置一個緊急呼喚按鈕，以便您隨時找我嗎？鑑於您這次提前充了整整一條尾巴的能量，這個按鈕能維持很長一段時間。」

「……可以。」祁謙自然不會跟自己過不去。

因此，祁謙把那些色情影片交給祁避夏時說的是：「嗯，沒錯，我以前天才班的同學裡有個駭進過A國情報局的高手，他和格格交情不錯，我就請他幫了點小忙，駭了赫拉克勒斯的電腦。」

「他存這些的電腦竟然連網了？」祁避夏震驚極了，即便他沒有什麼見不得人的影片存入電腦裡，卻也是知道如果有類似的情況，電腦就絕對不能連網的常識。

以前演藝圈又不是沒有出現過這樣的例子。祁避夏怎麼都不願意相信赫拉克勒斯竟然也幹了這種傻事，畢竟如果赫拉克勒斯是這麼傻的人，那被赫拉克勒斯黑過、坑過的他，成什麼了？

祁避夏憤憤不平道：「我就沒見過這麼傻的！」

祁謙明智的沒再開口。

後面的事情就不需要祁謙操心了。

之前白齊娛樂因為被人從中作梗，而沒能提前得到消息，也沒能壓下新聞。如今有了那些影片和照片，他們也可以如法炮製，將對方打個措手不及。大集團之間的博弈，不要說祁謙不懂，哪怕是祁避夏也處於兩眼一抹黑的狀態。

祁氏父子跟所有普通圍觀群眾一樣，只是在娛樂新聞上得知了在C國選擇獎還沒開始之前，網路上爆出了國際著名動作巨星赫拉克勒斯大量的愛情動作片，豔照門事件再次成為籠罩在整個演藝圈上空的陰霾。因涉及圈內女星男星眾多，一時間人人自危，而被認出的大部分「動作片」的另外一個主角，都齊齊開口表示他們是無辜的、他們是被迫的、他們是被下藥的……藉口繁多，花樣百出，讓喜愛八卦的人過足了癮。

赫拉克勒斯雖然是A國的演員，但自從《因為我們是一家人》第一季之後，他也時常在C國活動，這幾年甚至有把重心完全轉移到LV市的傾向，算是C國人民眼中最熟悉的外國人了。大家都很樂意八卦一番，特別對方還不是本國人，完全不需要顧及什麼情面。

基本沒有什麼下限的C國選擇獎在開獎前，甚至又臨時新設立了一個嘲諷赫拉克勒斯的獎項，名為「最佳愛情動作片男主角」。

要不是阿羅攔著，祁避夏會特別願意擔當那個獎項的頒獎嘉賓。

赫拉克勒斯可謂是過了很長一段時間人人喊打的日子，從動作巨星變成了猥瑣、色情以及重口味的代名詞。

而赫拉克勒斯在飯店房間的落地玻璃窗前，和某國外新星十分破廉恥的影片，也按照白齊娛樂預計的那樣，引起了有心人的關注。因為在影片的最後，祁避夏出現了，他的主要戲分是和赫拉克勒斯扭打，還沒打贏人家。之後就有人深扒出了那名國外新星是祁避夏在被爆出櫃緋聞前的新女友。

再一看日期，正是和祁避夏被爆穿著費爾南多衣服從飯店出來的那天。

很快的，網路上從來不缺的名偵探們就了悟了真相，那天祁避夏之所以穿著費爾南多的衣服，是因為他在發現赫拉克勒斯和女友的姦情後大打出手時扯壞了衣服，同住在一家飯店的友人費爾南多當然要借衣服給他，總不能看著他亂沒有形象的從飯店出去。

無數記者蜂擁而來，想方設法的聯繫祁避夏和費爾南多的經紀人，又或者是那個國外新星，試圖尋求真相，畢竟涉及到的這四個人都實在是太有名了。

最終，祁避夏這才萬分「為難」的站出來發表了一篇簡短的聲明。

「事實就是如此，之所以不解釋，是因為覺得被戴了綠帽子實在是一件很屈辱的事情。而且鑑於我以前和赫拉克勒斯發生過矛盾，我也害怕沒有證據的我不會被人相信，萬般無奈下只能自認倒楣。費爾是個好朋友，為了幫我，他寧可頂著別人異樣的眼光也堅持沒有說出真相，我真的很感激他。但其實我一直很後悔，我不應該讓他被人那麼誤會。所以藉此機會我做出澄清……」

費爾南多為了朋友，哪怕被人誤會也堅持什麼都沒說的隱忍形象，好像一下子戳中了不少人的 high 點，他本就不錯的形象變得更加積極健康了起來。

有不少路人轉粉的粉絲給出的理由都是：喜歡這麼一個人品不錯的球星，讓我覺得很放心，我以他為傲。

去年因為賭球的惡性事件而受損的足協形象，因為費爾南多開始有了新轉變。在一年一度的足球頒獎典禮上，足協甚至給了費爾南多一個最佳競技精神獎，即便他這一年在球場上其實並沒有做什麼特別值得宣傳的競技舉動。

◎◆◎◆◎◆◎

最近雙胞胎過得很不順，因為他們爸爸的事情，導致他們都沒有辦法出門了，但為了拍新戲，他們必須待在C國接受這樣的糟糕生活。而更糟糕的是，他們從好友維耶口中得知，他們的另外一個好友陳煜懷疑他們故意挑撥了他和祁謙的友誼。

但是他們並沒有。雖然他們不喜歡祁謙，可也不至於下作到那種程度。

在維耶多次斡旋之下，陳煜最終還是決定給雙胞胎一個解釋的機會，和祁謙當面對質。他們畢竟都還是十幾歲的年輕人，沒什麼圓滑城府的手段，比起試探來試探去的大人遊戲，直來直往的方式會更好的解決問題。

見面地點選在了陳煜家。上午十點，四個少年和視訊畫面那頭的維耶碰面了。祁謙在見到維耶時愣了一下，因為他感覺自己好像在哪裡見過維耶。

紅頭髮、戴著紫色隱形眼鏡的維耶，在祁謙看他的時候，不怎麼高興的對祁謙說：「看什麼看？別以為跟我套近乎就能讓我喜歡你。我看根本就沒有什麼簡訊，是你故意誣陷阿多尼斯和阿波羅的吧？你和你爸爸都不是好人，別以為我不知道這次豔照門背後都有誰的勢力影子！雖然赫拉克勒斯確實該死，但也輪不到你來出手！」

確定完畢，原來不是覺得眼熟，而感受到了對方熟悉的神經病氣場。

祁謙想明白之後就不再搭理維耶，始終貫徹著除夕告訴他「不要搭理神經病」的準則。

「喂，你啞巴啦？怎麼不回答本少爺？」沒有得到想像中的回應，維耶反而更加不爽了起來，還從來沒有人敢這麼無視他！

「我又不認識你。」祁謙的言下之意就是——幹嘛要搭理你？

「本少、本少也不認識你！哼！」自討沒趣的維耶雙手環胸，別過了臉去。

「哦。」祁謙依舊是那麼老套的回答。

維耶這才意識到，他一開始說的話已經說明了他認識祁謙，這樣的前後矛盾，讓他覺得祁謙那一句「哦」充滿了意味深長的鄙視，整個人羞憤難當的都快氣炸了。

「我們都是來解決問題的，而不是再製造問題，嗯？」陳煜趕忙出來打圓場。

祁謙一直有這樣的本事，無論是他不搭理人，還是三言兩語的打發別人了事，都能讓人有一種深深的挫敗感。你在這邊氣個半死，他在那邊無動於衷，甚至不知道你在生氣。陳煜可謂是經驗豐富，為避免維耶深陷泥沼，這才出聲勸阻。

不過看樣子，維耶是沒怎麼領陳煜的情，還在那邊氣鼓鼓的盯著抱著熊的祁謙，他心裡想著：本少爺記下你了！

雙胞胎自始至終坐在一邊保持著統一的沉默。

「阿謙，你能先把你收到的五年前的簡訊拿出來嗎？」陳煜作為夾在中間最不偏不倚的那個，開口道。

祁謙拿出手機連接上大螢幕，大大方方的把五年前的簡訊展示了出來。那實在是太好找了，因為這五年來他沒再和陳煜聯絡過，他收到的來自陳煜手機的最後一封簡訊就是他說過的內容。而在五年後，他一直和陳煜保持著微信來往。

在場的人都確確實實看到了來自陳煜的簡訊：「我最近很忙，電影的拍攝進行到了關鍵時刻，最近都不要打擾我了，直到我發簡訊聯繫你。」

祁謙回了一句很簡潔的：「好。」

而在陳煜的手機裡，他和祁謙的簡訊只維持在那三封簡訊之前，前面還有一封簡訊是祁謙發給陳煜問他在幹嘛，那封也沒了。很顯然是陳煜手機裡的那三封簡訊紀錄被刪了。

而陳煜早已諮詢過電信公司，可惜因為年代過於久遠，根本無法查到當時的簡訊紀錄。但祁謙手機裡的簡訊是實實在在的來自陳煜的號碼，前面還有他們五年前的簡訊來往，基本上沒什麼作假的可能。

簡訊是真的，那麼下一個問題就是發簡訊的人了。

之所以懷疑雙胞胎而不懷疑別人，是因為知道陳煜手機密碼的人不多，為了保護手機內容的安全，陳煜每次打開手機都要輸入一串很複雜的密碼，知道的人只有在他忙著拍戲的時候幫他顧著手機的母親、助理，以及朋友維耶和雙胞胎。

維耶一般是不會去拍戲現場的，陳煜的助理又和祁謙沒仇沒冤，剩下的人選裡怎麼想都是一直在說祁謙不好的雙胞胎的可能性比較大。

但阿多尼斯在仔細看過簡訊之後卻篤定的表示：「這不可能是我們發的。」

「為什麼？」

「因為日期不對。別的時候我們也許沒辦法證明自己的清白，但那天情況特殊，我們不可能在片場。」

陳煜仔細一看日期，也明白了阿多尼斯的意思。那天是雙胞胎的生日，劇組會給每個小演員一個優待，在他們生日那天放一天假，而雙胞胎十分孝順他們的母親，每次生日不論在哪裡拍攝，都會想盡辦法回到A國和母親團聚，一次不落。

「我已經忘記五年前我們是在哪裡拍戲了，但我可以肯定的是，我和阿波羅每次都會在前一天晚上就離開，然後最早也是在生日過後的第二天早上回來。」

所以雙胞胎是不可能的，他們沒有那個作案時間。

「那會是誰？」影片裡的維耶問道，「簡訊是真的，可是雙胞胎不在，誰又會在呢？」

陳煜的臉已經沉了下來，幾次張開口，才終於說道：「我媽媽。」

雖然很不想相信，但只有這個是唯一的解釋了。排除掉一切不可能，剩下的再難相信也是真相。最糟糕的感覺不過如此——不得不開始懷疑此前你堅信不疑並且深愛著的人。

知道到底是誰做的之後，再回想過去，陳煜發現這件事情其實到處都透著漏洞，好比很早開始他母親就對他接近祁謙的事情抱有極大的排斥，在出國之後又數次提起不希望他和祁謙再有來往，以及五年前正是他母親帶有偏向性的告訴他，祁謙沒有去參加選角的事情。

所有人都沉默下來，這個時候他們說什麼都會顯得特別多餘。

祁謙尤其後悔，他一開始不想跟陳煜說這件事，就是怕破壞陳煜和他母親之間的感情，結果反而……

陳煜咬著脣，在一片窒息中開口道：「抱歉，給你們添麻煩了，無論是祁謙，還是阿多尼斯和阿波羅，我會儘快給你們一個交代的。今天天色不早了，早點回去吧。電話聯繫。」

×月○日　第十五篇日記

我想和你一起演戲

與維耶結束視訊之後，祁謙和雙胞胎起身離開了陳煜家，雖然他們很想留下來陪陳煜，但顯然這個時候的陳煜更需要的是一個人靜一靜。

「介意找個地方單獨聊聊嗎？」在祁謙跟著保鏢上車離開前，雙胞胎中黑頭髮的哥哥阿多尼斯攔下了祁謙。

「我覺得完全沒有這個必要。」祁謙毫不客氣的拒絕了。

雖然說雙胞胎並沒有真的幹出挑撥離間的事，但他們跟陳煜說了很多關於他不太好聽的話也是事實。祁謙表示，在別人不喜歡他的時候，他也犯不著去喜歡別人。

「如果你覺得事關誰殺了你祖父母是一件完全沒有必要的事情，那你就走吧。」弟弟阿波羅帶著惡意滿滿的笑容看向祁謙。

面對威脅，祁謙的第一反應就是不搭理，直接坐進車裡關上門，讓司機驅車揚長而去。

本來胸有成竹的雙胞胎傻在了原地。

不過其實開車之後，祁謙就後悔了，一開始敢於直接走人是因為他沒想明白雙胞胎口中的祖父母和他的關係，等車開了他才意識到，他的祖父母不就是祁避夏多年前不幸空難去世的父母嘛！祖父母對於祁謙來說是無關緊要的人，卻對祁避夏至關重要。

就在祁謙想著哪怕是拉下臉去主動賠禮道歉，也要從雙胞胎口中得到有關祁避夏父母的事情時，雙胞胎的道歉簡訊反而先來了，用的是陳煜的手機。

看來對方所求甚大，比他可著急多了。祁謙想著。

「我為我弟弟剛剛的衝動道歉，我們並沒有威脅你的意思，只是想和你談一筆交易，可以說是對你百利而無一害。我們也為我們曾經做過的事情向你道歉，有些事情我還是希望能夠當面談一談。BY：阿多尼斯。」

祁謙雖然不太懂得人情世故，卻也知道在談判中掌握主動權的重要性，不過為避免真的激怒對方，大家一拍兩散，祁謙只稍微矜持了一下，就再次返回了陳煜家。

陳煜家所在的社區保護十分嚴密，一般很少會有狗仔能殺出重圍拍到房子裡面的事情。

「上車。」祁謙對等在後面車庫門口的雙胞胎道。

雙胞胎中脾氣火爆的弟弟阿波羅面對祁謙，仍是一臉的咬牙切齒，他就是看不慣祁謙那一副「天上地下唯我獨尊」的死人臉，但最終他還是忍耐下來，坐進祁謙的車裡。

「我不會放過你們的父親的，如果你們是想用這個作為交換條件的話，那大可以免開尊口。」雖然祁謙覺得這個可能性不大，但他還是覺得有必要先說一下。

「看著他下地獄我會很開心。救他？開什麼玩笑！」阿波羅說的別提多發自肺腑，他對他父親的怨恨，濃烈得彷彿能從眼神裡溢出來，「那老不死的和陳煜的母親都是一路貨色！我們可不是乖寶寶陳煜，覺得無論如何父母都是愛自己的孩子，那話聽著讓我覺得噁心。」

哥哥阿多尼斯打斷了弟弟的話，換了種說法：「阿波羅是想說謝謝你，加把勁，把那個人判個終身監禁怎麼樣？」

「他是你們的親生父親。」祁謙皺眉。他和祁避夏的良好關係，總讓他很難理解別人家父子反目的戲碼。

「哦，得了吧，不要說得好像你沒看到他虐待我們的影片一樣。還是說你已經聖母到覺得在他那樣對待我們之後，我們依舊要對他乞憐搖尾？就因為他是我們的親生父親？他養大了我們？」阿波羅的臉上充滿了嘲諷與暴虐的扭曲。

祁謙表示，這個他真不知道。雖然 2B250 替他下載了很多赫拉克勒斯見不得人的影片，但他根本沒怎麼看，只是一股腦的都交給祁避夏和阿羅去運作。

「你沒看到那些虐待我們的影片，對嗎？」阿多尼斯要比阿波羅精明很多。

祁謙不置可否的點點頭，「但我想我爸爸手上應該有，如果那些影片都存放在赫拉克勒斯的同一臺筆記型電腦裡。」

「沒有最好。那不是什麼好的回憶，誰會想那東西被公諸於世。」阿波羅撇撇嘴道。

「父親的脾氣很不好，我一直懷疑他有精神上的問題，好比暴力傾向。他一不高興或喝得爛醉時，就愛拿媽媽和我們出氣。很早以前會用鞭子、棍棒之類的東西，等我們有了名氣後，他怕被人看出端倪，就換成精神虐待，罰我們一遍又一遍的寫『我們是有罪的』、『我們是邪惡的』、『我們該下地獄』之類的句子，並且會透過毆打我們的母親，來達到讓我們聽話的目的。」阿多尼斯說得輕描淡寫，卻足夠讓人想像到那背後的糟糕生活。

「為什麼不報警？」在祁謙看來，傷害幼崽，特別還是自己的骨血的人，是絕對不能原諒的。

「哦，謝謝，報警，這麼簡單的事情為什麼我們就想不到呢。」阿波羅無不諷刺道。

「阿波羅！」阿多尼斯瞪了一眼自己的弟弟，然後對祁謙說：「抱歉，阿波羅在這件事情的態度上總是很難控制自己的脾氣。」

他在哪件事情上控制過自己的脾氣？祁謙腹誹。

「我們小時候不是沒有試著報警的，但警察來了之後就被他三言兩語打發走了。他和維耶的家族有著很深的聯繫，很早以前就在替他們洗錢，換得庇護，根本沒有人會幫助我們。我們身邊從助理到經紀人都是他的人，想逃都逃不了，更何況媽媽還在他手上。她早已經被他虐待瘋了，以養病的名義一直被關在家裡，我們根本沒有辦法反抗他，除非我們想媽媽被他繼續換著花樣折磨。」阿多尼斯的語氣裡充滿了深深的無力，「所以每年生日我們都會堅持回去跟媽媽一起過，那是她為數不多還能保持神志清醒的日子。」

「所以你想我幫你們送他進監獄？」C國和A國都沒有死刑，最大的極刑便是幾百年的終身監禁。

「是的。維耶知道的不多，只知道我們在他身邊生活不易，卻根本沒有辦法幫到我們，畢竟維耶只是個少爺。這次的事情讓我們意識到你也許可以。事實上，很多年前我們就覺得你是個好人選，可惜你根本不搭理我們。我和阿波羅也很清楚，你幫忙是情分，不幫忙是本分，只是我們始終無法放下心中對於你不幫忙的憤怒。對於這樣的遷怒，我很抱歉。」

無論是真心實意，還是情勢所迫，阿多尼斯都表現出了足夠的謙遜和誠意。

祁謙難得開口解釋道：「無論你們相信與否，當年我並不知道你們在試圖求救。」

「現在解釋又有什麼用？」阿波羅依舊惡聲惡氣。

祁謙看了一眼阿波羅，決定不再跟他搭話。

「不是我們在求你，是交換！交換懂嗎？阿多尼斯就是太過軟弱了！」阿波羅卻顯然不想就這樣結束這段對話，「要我說，憑什麼是我們求你？本來就是對你有利的事情，我們告訴你兩件事作為交換，你只是送那個害過你父親全家的人進監獄，你還有什麼不滿意的？神氣什麼？你以為你很了不起嗎？」

「還好，不算很了不起，只不過剛好能把你解決不了的人解決掉而已。」祁謙不鹹不淡的瞥了一眼阿波羅，「而且我現在好像已經知道是誰害死了我的祖父母。」是赫拉克勒斯。

雖然祁謙還不知道赫拉克勒斯為什麼要那麼做，以及怎麼做到的，但雙胞胎給了他足夠明確的方向。只要有了名字，就沒有 2B250 調查不到的事情。換句話說就是，雙胞胎已經徹底沒有用了。

「不，你不知道！」阿多尼斯趕忙補救，「不是父親。當然，我們很希望你事後能把這件事情也歸在他身上，增加他的刑期。」

「可以。」

「希亞，記住這個名字。之後去找到你父親的舅舅賈仁，一切就都明白了。」阿多尼斯說道，「這個算是訂金，也算是取信於你的信物。父親什麼時候被判終身監禁，我們什麼時候告訴你另外一件對你同樣至關重要的事情。」

祁謙記下之後，才好奇的問雙胞胎：「其實剛剛我就想問了，既然你們那麼恨赫拉克勒斯，為什麼不雇殺手殺了他？」或者自己親自動手。

「你以為殺手是什麼？遍地都有的大白菜嗎？還是隨隨便便在人力銀行貼個招聘廣告，

就有人會帶著履歷上門？」阿波羅嗤笑的看著祁謙，「生活不是電影，大少爺，黑社會不是你隨隨便便想認識就能認識的，而且那個老不死在道上也有人。」

祁謙想著，赫拉克勒斯認識的人再厲害，也肯定厲害不過裴安之。不過，看雙胞胎的態度，祁謙還是決定善心的不告訴他們，他正是隨隨便便的就認識了一個很厲害的黑道老大。

「我知道了，如果沒別的事，你們可以下車了。」祁謙道。

阿波羅看了看車窗外人來人往的熱鬧場面，臉色一白，高聲對祁謙道：「這裡可是鬧區！你瘋了嗎？」

「So?」祁謙當然知道這裡是鬧區，他故意讓司機把車開到這裡的。

「你想整死我們嗎？！」

祁謙很誠懇的點了點頭，「是什麼讓你以為你可以在說我壞話、對我不客氣之後，不為此付出代價？而且你們真的覺得坐著我的車送你們回家，赫拉克勒斯能不發現你們和我之間的問題？」

明知道祁謙是在找理由故意刁難，但雙胞胎也只能沒脾氣的認栽。

第二天的早餐桌上，祁謙心滿意足的欣賞著新聞報導裡，雙胞胎在市中心是如何享受遊客和媒體的「熱情」。

至於事情涉及到祁避夏父母的死亡，祁謙並沒有急著告訴祁避夏，畢竟雙胞胎只是提供給他一個方向，真相到底是什麼，目前還不知道。為避免給祁避夏徒增沒必要的煩惱，祁謙將這件事情的調查拜託給了專業人士——裴安之。

「如果沒有證據，或者證據被銷毀了，我可以請我的朋友幫忙看看能不能復原。」祁謙這裡說的自然是讓 2B250 偽造一份天衣無縫的「證據」。

「你果然還是不瞭解我們的做事方式啊，祁小謙。」裴安之笑得很是邪性，既漂亮又危險，「對於我們這種人來說，重要的從來都不是證據，而是真相。殺人償命，天經地義。」

裴安之的言下之意就是，法律的制裁頂多是終身監禁，但祁避夏的父母已經死亡，這可是一點都不公平。他不介意親自動手，讓不公平變成公平。

「好了，你交代我們的事情說完了，現在來說說請我幫你辦事的條件吧。」

「除夕什麼時候回來我真的不知道。」隨著十年之期不斷逼近，祁謙已經被裴安之煩到不行，每次他都要重複這樣的話好幾遍，「我也沒辦法讓除夕早點回來。」

「呵呵。」裴安之是這樣回答的，「那就換個條件吧，過段時間陪我去個地方。」

「成交。」

◎◆◎◆◎◆◎

C國選擇獎的頒獎典禮之後，祁避夏被裴安之的一通電話叫走了。

祁謙一邊坐在家裡等著祁避夏，一邊閒來無事的瀏覽網頁，最近網路上到處都是他在C國選擇獎頒獎典禮上的一句並不搞笑的冷笑話回覆：「10163 乘以 229591。」

極其簡單的計算結果 233333333，祁謙表示他很想不明白地球人為什麼都說要拿出計算機來。（注：23333 是指笑得不能自已、笑得滿地打滾的意思。）

看看時間，離祁避夏離開才不到五分鐘，祁謙卻感覺自己已經度日如年、坐立難安，他很少會有這種感覺，也想不明白自己為什麼會這樣。總之他就是很難靜下心來，逛網路會覺得心煩，看動畫也會覺得心煩，哪怕是外面漸漸開始下雨了也惱人得很。

「您在擔心祁先生嗎？」一直很沒有存在感的老管家端來了牛奶給祁謙。

老管家的一句話讓祁謙意識到，原來這就是擔心的感覺。他確實在擔心，擔心祁避夏在聽到裴安之的調查內容後會崩潰，即便他其實並不知道裴安之到底調查出了什麼。

「雖然我不知道發生了什麼事，不過我想對您說，多少給祁先生一些信心吧，他也是有很可靠的時候。如果實在是心煩，我想我這裡有一些東西能夠幫到您。」老管家貼心的勸慰道，他可說是看著祁謙長大的，雖然和祁謙交流不多，卻一直盡心盡力的希望祁謙能好。

祁謙決定相信老管家一次。

然後祁謙就隨著老管家上了家裡的閣樓。就像是祁避夏當年在家裡悄悄弄了個有關於祁謙的工作室一樣，這個家裡有很多東西祁謙其實都不曾瞭解過。

「您是我見過的孩子裡最缺乏好奇心的。」

「不，你錯了，我現在就想知道閣樓裡的這些是什麼。」祁謙指著閣樓裡整齊排列好的大紙箱子。

「您父親祁先生小時候的一些雜物，以及他演過的電影、廣告，和出席的一些活動與採訪的影片，我想您會有興趣的。」

祁謙確實有興趣。

直至祁避夏回來，祁謙都在家裡的客廳裡，全神貫注的看著祁避夏以前主演過的電影。說實話，二十年前的電影效果和現在的電影根本沒法比，哪怕是名導月沉，他當年的拍攝手法也略顯稚嫩，雖然已經可以看出月沉的習慣和骨架，卻遠沒有如今的老練和豐滿。

但祁謙卻不由自主的被電影裡年幼的祁避夏所吸引，《孤兒》中的祁避夏有著說不上來的神采飛揚，一顰一笑，一舉一動，都透著舒心。

「小時候的爸爸和現在的反差可真大。」祁謙這樣對老管家說。

「事實上，小時候的祁先生我雖然沒見過幾次，那時候我還在白家工作，但據我觀察，他的性格其實從未改變，始終都是那麼的……不拘一格。」老管家實在是很難找到好一點的詞彙來形容祁避夏這個蠢蛋。

「但是電影裡他不是這樣的。」這讓祁謙回想起第一次在B洲看見祁避夏工作，鏡頭前和鏡頭後的祁避夏反差大得就像是精神分裂。但那個時候的祁避夏也沒有像兒時在鏡頭前這麼好。

「很奇怪，嗯?先生總跟我說，您是個為鏡頭而生的好苗子。但我卻想說，如果對比過先生小時候，您……」

「我遠不如他。」

他必須承認，當別人都在讚美他的演技時，他其實也是這麼覺得的，再沒有誰會比他演得更好。可是和小時候的祁避夏一對比，祁謙這才明白自己的短視。也許他的演戲技巧、鏡頭站位要比祁避夏強上不少，但他卻無法像祁避夏那樣把一個人物演活。

不是他不好，而是他不夠好。他的演技再完美，也不過是飾演一個人物，而祁避夏卻能把那個人物變成一個活生生、有血有肉的人。

祁避夏的表演手法其實是很粗糙的，祁謙一眼就能指出他在一幕戲裡的七、八個錯處，但那又如何呢？祁避夏演的角色有一種即便他用再完美的演技也無法表達出來的靈性。

「我缺了什麼嗎？」祁謙怔怔的看著電影裡的祁避夏，很多時候看得入戲了，他都會不自覺的忘記那個人是和他朝夕相處了十年的蠢蛋。

「您的演技可是被月沉導演稱讚為像教科書般的完美。」

「但卻不夠好。」

第一次，祁謙對演戲有了執念，不再是完美的按照劇本要求完成角色的表演，而是他想像祁避夏那樣讓這個人物活過來。

「我是這麼覺得——當然，這只是我的個人看法，有什麼說得不對的地方，還請您不要介意——」老管家緩緩道，「您已經很好了，如果單從演戲技巧上來說，很少人會是您的對手，哪怕是現在名氣看上去比您大的陳煜。照著這個路子下去，不出五年，您一定會成為最年輕的影帝。」

「但我不會成為祁避夏。」不會成為一個時代的印記，只會成為每年都會誕生的幾個影帝中不那麼特殊的一個。

「您為什麼要成為祁先生呢？您只是您，獨一無二的祁謙。演戲一開始是模仿，但一味的模仿卻永遠沒有辦法成功。我一直在想，您是不是太過追求完美，反而遺忘了什麼？」

所謂入戲，就是整個演員融入進那個情景裡，變成那個角色。而祁謙卻太過在意演技本身，無論何時何地，他的大腦都始終保持著絕對的冷靜。

沒等祁謙想明白，祁避夏就回來了。

祁避夏的神色不能說好，卻也不能說不好，只是有一種解脫在裡面。那是哪怕當祁避夏得知那個自爆的粉絲是裴越的大哥裴卓，並不是真正因為他而死的 ANTI 粉時，也沒有過的釋然。

「遇到什麼好事了嗎？」祁謙問。

「嗯，很好的事情，明天陪爸爸去給爺爺奶奶上墳吧。說起來，我好像從來沒帶你去見過他們。」祁避夏笑著坐到兒子身邊，「你們在看什麼？」

「看你過去演的電影。」祁謙照實回答。

「不——！」聽後，祁避夏像是火燒屁股似的跳了起來，慌亂的跑去關電視，嘴上還不忘責備老管家：「我不是都特意收起來了嘛，你怎麼讓謙寶看這個？簡直是黑歷史好嗎？！丟死人了。」

很多演員和小說家都有這樣的情緒，回顧自己往昔的作品，會覺得有一種說不上來的羞恥 PLAY。

「既然覺得是黑歷史，那就創造新的歷史給我看吧。」祁謙見縫插針道。在看電影的時候他有了這個想法，他想和祁避夏一起演戲，他想再見一見電影裡那個彷彿整個人都在閃著光的祁避夏。

面對祁謙一起演戲的提議，祁避夏沉默許久後才給出了一個模稜兩可的答案：「如果遇到好劇本的話。」

沒有一口答應，卻也沒有完全拒絕。對比過去，這已經是一個很大的進步了。

月沉曾邀請過祁避夏演出《人艱不拆》某集的客串嘉賓，卻被祁避夏反應十分巨大的拒絕了。祁謙當時以為是祁避夏那個十年怕井繩的毛病又犯了，便沒再動過類似的想法，直至今晚看到祁避夏過去演的電影，祁謙想再現那時的祁避夏，而他相信祁避夏心底裡也是這麼渴望著。

只是由於一個不知名的原因，讓祁避夏蹉跎至今。

祁謙看向家裡樓梯旁的牆面上的一組親子照，那是他和祁避夏在他十二歲的時候照的，照片裡沒有什麼漂亮的風景，也沒有華麗的服飾，更沒有誇張的動作，只有父子倆一人手裡拿一塊寫著黑色書法的白板。

第一幅照片，在左邊站著的祁避夏手上的白板寫著：「→這是我兒子。」

祁謙手上的白板寫著：「←這是我蠢爹。」

第二幅照片上，祁避夏的白板內容是：「我很愛我的謙寶。」

祁謙的白板內容是：「不讓他愛還能怎樣。」

之後的內容大同小異，基本上都是類似的逗趣內容，只有最後一幅照片讓祁謙現在十分想換一換。在那幅照片裡，祁避夏說的是「我兒子早晚有天會成為雙料影帝」，祁謙的回答是「那還用說」，現在祁謙想把那句話換成「我想和你一起」。

很有行動力的祁謙，在當天晚上就讓 2B250 把照片裡的字換成了自己想要的。祁避夏卻是個反應遲鈍的傢伙，很長一段時間都沒有發現照片的變化。

◎◆◎◆◎◆◎

這天，當父子倆晨跑回來，祁謙開始和他不喜歡的營養早餐死磕的時候，各大媒體報紙的娛樂頭條已經變成了「A國前動作巨星赫拉克勒斯因涉嫌殺害C國天王祁避夏的父母被國際刑警逮捕」，新聞鋪天蓋地而來，驚醒了所有人在早上其實還並未全部清醒的心。

電視的娛樂新聞報導裡還在說著，警方表示會儘快提起上訴，離二十年的有效追訴期已經只剩下三年不到，他們絕不會給赫拉克勒斯任何拖延時間的可能。

「國際刑警？」祁謙一直以為國際刑警涉及的都是跨國販毒、倒賣軍火又或者是搞恐怖襲擊這種大案件，普通的謀殺未免……

「我父母是空難，當時的私人飛機上可不只我父母兩個人，還有他們的助理、僕從，以及包括兩個飛機駕駛員在內的全體機組人員，共計十四人全部罹難。當時給出的理由是天氣問題，但現在裴爺手上的新證據可以證明這是一起蓄謀已久的恐怖襲擊，喪心病狂的赫拉克勒斯作為主謀，裡應外合我的舅舅賈仁謀財害命，意圖奪得祁氏的潑天財富，助赫拉克勒斯背後的恐怖組織東山再起。我不會放過他的。」祁避夏的表情是從未有過的冷酷，雖然真正的主謀不是赫拉克勒斯，但他也是主要知情人，並且理由是真實的。

所以說，維耶的家族只是個幌子，赫拉克勒斯背後另有其人，好比雙胞胎口中的道上有人。而雙胞胎提起的希亞，無外乎主謀、組織聯絡員一類的角色，再不然就是色誘賈仁做下這等畜生不如的謀殺親姐和姐夫事情的人。

看祁避夏的意思是有意要瞞著他這些背後的事情了，祁謙便很配合的假裝自己什麼都不知道，沒再細問。他相信以裴安之的狠辣手段，那些人都不會被放過的。

當天上午，祁謙就和雙胞胎約好了下午面談，不是他不迫切的想知道雙胞胎口中另外一件對他至關重要的事情是什麼，而是上午他答應要陪祁避夏去掃墓。在祁謙看來，沒有什麼會比這件事情更重要了。

雙胞胎對此全無異議，畢竟現在著急的已經不是他們了。心頭大患赫拉克勒斯被捕，而赫拉克勒斯面臨的結局只有兩個，要麼終身監禁，要麼真的被他身後的組織滅口，無論哪個結局對雙胞胎來說都是大快人心的好結局，現下他們需要操心的是怎麼在律師的幫助下，留下更多屬於赫拉克勒斯的財產。至於祁謙什麼時候來問他們承諾的那件事，他們還真的不是特別關心，畢竟命懸一線的又不是他們。

S市祁氏的家族墓地中，一身黑西裝的祁避夏一手抱著白色的鮮花，一手領著同樣是一身黑西裝的兒子，面色沉重的穿過祁氏家族歷代的族人，終於在屬於家主那一排的最後，找到了他已經有很多年不敢面對的父母的墓碑。

大理石的墓碑上貼著一對中年夫妻的合照，男士沉穩，女士賢慧，看上去十分恩愛。

「有件事情，我一直不敢跟任何人說，包括裴越。壓在心底十七年，今天風和日麗，我看是個該讓真相大白的好日子。不過在告訴你之前，爸爸希望你能知道，這些年我一直都很後悔我當初做的事情，但願你不會在知道之後瞧不起我。」祁避夏的聲音很低。

祁謙安靜的站在一邊，懷裡抱著他的熊。他有一種預感，這件事情和祁避夏為什麼不再演電影息息相關，而這次的坦白，要麼讓祁避夏浴血重生，要麼自此一蹶不振。

「很多從我小時候就認識我的人，大概總會跟你說，我小時候很乖巧，和長大了好似截然相反的兩個人，性格變化太大了。但其實他們都錯了，我一直都是這個樣子，沒有什麼改變。只是在小時候，我的糟糕情緒都用在了熟人上，我父母深受其害，但他們卻從未責備過我，他們真的很愛我。事後想想我都會為小時候的任性而羞愧。我也很愛我的父母，只是我總是很難控制住自己的脾氣，一邊很想向父母為自己的言行道歉，一邊卻又更加的變本加厲跟他們發脾氣，我實在是個很混蛋的兒子。」

「我有時候也愛嘲笑你。」祁謙自我反省道，「我不會對別人那樣，因為我知道我對你毒舌，你不會真的生我的氣，你會一直縱容我。」

自己之所以會任性，是因為堅信對方不會因此而離開自己。人類這樣的劣根性總是很難改變，寬容了別人，苛責了自己真正深愛的人。

「不，謙寶，我不會因此生氣的，你怎麼會這麼想？」祁避夏趕忙在自己父母的墓前跟快要與自己一般高的兒子解釋道：「我很高興你能夠那麼對我……我是說，我知道你只會那麼對我，那是你對我信任的表現，我覺得那讓我們變得更加親密無間。我很高興，真的。記住了，即便你真的做錯了事，我也永遠都不可能生你的氣，因為這正是父母應該做的啊。」

永遠寬容，永遠愛著自己的孩子，即便全世界都覺得自己的孩子是個惡魔，父母也願意再相信他們一次，給他們一個重來的機會。

祁避夏其實一直很羨慕除夕，因為在祁謙提起除夕的時候，無論祁謙是一副歡喜的口吻還是埋怨的樣子，他們總會顯得那麼親密，好像誰也無法插足其中。這些年來，祁避夏一直都在努力想要把他和祁謙之間的關係也打造成那副模樣。

那是一種很甜蜜的抱怨，祁避夏表示他聽多少遍都不會覺得膩。

祁謙看著祁避夏認真的說道：「我想，爺爺奶奶當時的心情，和此刻的你是一樣的，他們永遠都不會真的生你的氣。」

祁避夏怔怔的看著祁謙，猛地一把將兒子摟進懷裡，不讓他看到自己淚流滿面。

這是祁避夏第二次在祁謙身邊哭了，祁謙僵硬在原地，手足無措，不知道該如何安慰。喲西、喲西，乖孩子？總感覺在這個時候不太適合說啊。

祁避夏總會很好的替祁謙解圍，不需要祁謙表示什麼，他已經哽咽著竹筒倒豆子般全部說了出來：「當年賈仁為了抽取二次佣金，在我轉型的關鍵時刻，讓我拍了幾部不那麼理想的影片，那是我的演員事業第一次遭遇不順，而我的父母偏偏那個時候並不在我身邊……其實也不能怪他們，因為在離開前他們完全不知道這些，他們只是去慶祝他們的十五週年結婚紀念日，甚至那還是我為他們準備的驚喜。」

「只是在我遭遇不順的時候，我卻轉變了自己的想法，覺得父母不夠關心我，只會自己享樂。我打電話和他們大吵了一架，說了很多不好聽的話，並在那之後拒絕再接聽他們的任何一通電話。」

「他們當時一定急瘋了，才會在天氣並不良好的情況下，堅持搭乘飛機回國看我。母親在登機前還發過簡訊給我，向我不斷道歉，對我解釋他們不是不關心我，只是他們真的不知道發生了什麼，並在最後表示他們會儘快趕回來陪我，他們愛我。」

「之後的事情你就知道了，我沒能等來父母，只等到了他們空難去世的消息。」

祁避夏當時會有多自責，祁謙覺得他完全可以想像得到。而這才是祁避夏真正的心結，無所謂電影失敗，也不是 ANTI 粉自爆。祁避夏可以挺過很多艱難的挫折，卻永遠過不了自己心裡對父母的愧疚。

「我以為……」祁避夏嘗試繼續說下去。

「別說了。」祁謙打斷了祁避夏，他感覺自己懷抱裡的祁避夏已經觳觫到了快要崩潰的邊緣。

「……是我害死了他們。」祁避夏最終還是把那句話說了出來。那就像是一個開關，放開了祁避夏全部的情緒，他放聲大哭，把壓抑多年的情緒都宣洩了出來，「我以為是我的任性葬送了他們的性命，我以為是我親手殺了我的父母……很長一段時間我都無法真正的睡下，每每閉眼，我就會聽到電話裡自己和父母的爭吵，我會一遍又一遍的看著他們走上那架注定會害死他們的飛機，看著母親滿臉焦急的想要打電話跟我解釋，看著她一邊哭著一邊發簡訊給我，希望我能原諒她。」

祁謙無力的張了張口，總感覺任何安慰的字眼都會顯得太過蒼白。

「但真正想要求得原諒的那個人一直都是我啊……有時候我總會想，要不乾脆我也死了算了，可是又覺得沒臉去面對泉下有知的父母。所以我開始用各種刺激的方式麻醉自己，喝到爛醉就不會再夢到那架飛機，吸毒的時候會看見父母在對我微笑……我真的是個太糟糕的人了。」

「你很好。」祁謙只能這麼說。祁避夏也許有種種不是，但祁避夏對他的好是真的，他不喜歡祁避夏這麼貶低自己。

「我對你好，也有一種贖罪的心理。想著，我對你這麼好，你將來要是當了不孝子，對我很不好，那我是不是也算是償還了虧欠父母的東西？但是你很好，你對我真的很好，好過頭了，這讓我覺得一開始抱著這樣不純目的的自己很卑劣，我怎麼可以這麼想你呢……你這麼乖，又聰明，又孝順，和我這種人渣完全不同。我真的很害怕你在知道這些之後討厭我、會離開我……我只有你了。」

祁謙緊緊的摟著祁避夏，他只能用真相去安慰祁避夏：「造成爺爺奶奶死亡的人並不是你，那是一場蓄謀已久的謀財害命，對方很需要祁家的遺產，有沒有你，他們都會試著殺了爺爺奶奶，甚至包括你這個唯一的繼承人。」

祁避夏一顫，之後就是長久的沉默。

再然後，祁避夏終於放開了祁謙，在父母的墓前老老實實行了三跪九叩的大禮，每一下都實實在在，甚至在最後都磕出了血色。而每叩一下，他都會說一句：「兒子不孝，讓你們擔心了。」

最後的最後，祁避夏對他的母親說：「我怨恨過舅舅，也報復了他。昨天我才知道，其實他也保護過我、為我奮力爭取過，如果沒有他的堅持，我當年不僅僅是失去錢那麼簡單。他救了我一命，我卻在昨天斷了他的生機，送他下去親自跟您解釋……我不知道我這麼做到底對不對，只希望您能原諒我這最後一次的任性。」

是是非非，早已經過了能說清對錯的時間。

祁氏父子準備離開那片龐大的家族陵墓群時，祁避夏指著自己父母旁邊的兩座墓碑對祁謙說：「將來我們會葬在那裡，還有你的妻子。這裡風水可好了。」

「還有你的妻子。」祁謙強調道。

「如果她肯和我簽協議。」祁避夏也很堅持，寸步不讓。

◎◆◎◆◎◆◎

下山時，祁避夏還特意去向守墓的老人道別，他們家世世代代都在為祁氏一族守墓，兢兢業業，是十分值得尊敬的。

而祁謙則在山下看到了屬於裴安之的車。多年未見，他依舊如故，漂亮的根本不像是一個會被尊稱為爺的人。

裴安之少年時曾被埃斯波西托家族追殺，在託付好了還在襁褓中的弟弟白秋之後，他輾轉了很多個國家，做了多次整容手術，將自己徹徹底底變成另外一個人，從頭到腳就不存在他沒有整過的地方。他隱姓埋名，臥薪嘗膽數十載，終為裴氏一門報了滅族之仇。

祁謙曾問過裴安之：「那你為什麼要整得跟妖精似的？這樣會不會太顯眼，和你的低調原則不符合？」

「既然要整，為什麼不整得對自己有利一點呢？人是視覺動物，我都說不清在我成就如今這樣事業的道路上，靠著這張臉得到了多少好處。」

好比裴卓和裴越的母親，那個曾經是某個黑道家族的嫡系大小姐，她能甘心下嫁身無長物的裴安之，那張臉絕對居功甚偉。

「有時候太張揚了，也會成為別人的一個盲區。」裴安之如是說。

現在，這個至今依舊漂亮的不像真人的人，正一身龍紋唐裝，閒庭信步的站在陽光下，笑得如沐春風。他對祁謙說：「我來接你。」

「嗯？」

「還記得嗎？你答應過我要陪我去一個地方，鑑於你拜託我的事情已經完成了。」

「好。」

祁謙沒問裴安之為什麼知道他在這裡，也沒問裴安之準備帶他去哪裡，只是跟祁避夏交代了一句自己今晚不跟他回家吃飯之後，就上了裴安之的車，從S市機場搭乘裴安之的飛機跨越太平洋，準備前往異國他鄉。

「你竟然連衣服都沒換？」裴安之在飛機起飛後才注意到這個細節。

「什麼衣服？」祁謙總是很難跟上裴安之的思路。

「你現在還穿著去祭拜你爺爺奶奶的衣服！我的大少爺，你不覺得這有點不合適嗎？」裴安之是個很迷信的人，幹他們這行的大多都迷信。多可笑，嗯？平生殺人無數的人，卻相信著因果報應和壞人死後會下地獄。

祁謙看了看自己身上的黑色三件套西裝，沒覺得有多不合適，說道：「哪怕是出席晚宴也足夠了。」

「不！現在、立刻、馬上去給我換一身！」

裴安之可沒忘記祁避夏的父母是怎麼死的——空難。而他們現在正在飛機上，還有什麼是比這更不吉利的嗎？

有時候就是這樣，好的不靈壞的靈。

在祁謙抱著熊還沒來得及換衣服的時候，飛機已經開始劇烈晃動，向下俯衝。裴安之想要聯繫前面的機長，卻根本無人回應。

身邊的保鏢訓練有素，哪怕是在失衡的飛機裡，也準確無誤的幫裴安之和祁謙準備好了降落傘和救生衣，另外一些人則用槍打爛了駕駛艙門上的把手，一腳踹開了門。

駕駛艙裡，兩個機長已經身死，而殺了機長的人就站在原地，笑得一臉詭異，他眼神瘋狂的看著闖進來的保鏢，當著他們的面從容的拉開了身上炸彈的保險栓，在最後一刻用生命嘶吼出一句：「你們這些魔鬼都該下地獄！！！」

果然是因果循環，報應不爽。

裴安之在不得不跳進太平洋前對祁謙說的最後一句話是：「我今天要是命喪於此，你要記住，都是你身上的黑西裝的錯！」

祁謙的回應是毫不猶豫把眼前的裴安之踹了下去，之後自己也緊跟著跳下飛機。

結果……傘包打不開。

祁謙莫名的在那一刻想到一個祁避夏講過的冷笑話，跳傘兵在跳下飛機之後才意識到，他情急之下錯把背包當作降落傘拿了出來。

此情此景下，這個笑話就顯得不那麼好笑了。即便祁謙可以肯定保鏢拿給他的確實是降落傘而不是背包——但是降落傘被做了手腳！

屋漏偏逢連夜雨，2B250 突然藉著泰迪熊之口向祁謙報告，除夕的改造即將完成，並開始倒數：「十……九……八……」

從萬米高空下墜，即便下面是水，人也會在進入水面的那一刻被砸壞腦子，沒有任何生還的可能。

除非有神仙來救，裴安之在暈過去之前如是想。

然而，裴安之身邊沒有神仙，卻有一個外星人。

祁謙在最後一刻用尾巴從背後弄暈了裴安之，將他捲到了自己身邊，將人裝入了泰迪熊外表的駕駛艙裡。然後祁謙就這樣抱著裴氏的爺孫倆，自由落體，沉入了茫茫大海。

◎◆◎◆◎◆◎

裴安之的飛機失事後，他和祁謙下落不明的消息在他飛機本該到達目的地，卻晚了半個小時都沒有回音之後，才傳回了C國白家，並對外進行了消息封鎖。

知道這件事情的白秋，在聽後一個踉蹌，險些栽倒在地，幸而最後他還是被自己的大哥白冬扶住了。穩下心神，白秋開口對視訊那頭裴安之的人交代：「無論如何，是生是死，都請一定要把我大哥和阿謙帶回來，拜託了。」

白秋說的第二句話就是對身邊的人說：「這事絕對不能讓祁避夏知道，否則……」

——他會瘋的。

在場的幾個人默默在心裡補全了白秋的話。

但白秋注定是說不完這句話了，因為祁避夏已經帶著助理小錢直接推門走了進來，「絕對不能讓我知道什麼？如果是謙寶墜機的事情，那麼抱歉，我已經知道了。」

一時間辦公室裡鴉雀無聲，所有人都在確定，這到底是自己的幻覺，還是祁避夏被人假冒了。

他們是說，按照祁避夏平時寵兒子寵得那個天怒人怨的樣子，忽聞兒子可能葬身魚腹，祁避夏可以崩潰、可以抓狂，甚至可以娘們兮兮的哭死好幾回，但他卻不應該如此……呃，冷靜。這與他們想像中的祁避夏實在是差別太大了。

「抱歉，讓你們失望了，沒能看到我失態的樣子。但我個人覺得眼下最重要的是如何去海上救我兒子，而不是看我能崩潰到什麼程度。」祁避夏冷著臉道。

事出反常必有妖。

白秋覺得再沒有哪一刻能讓他更加透澈的理解這句話。但緊接著從祁避夏的性格分析，白秋就得到了另外一個答案——祁避夏也許根本沒有理解事情的嚴重性。

害怕進一步刺激祁避夏，白秋小心翼翼的耐心解釋道：「我大哥——兩個大哥的人都已經派出去找人了，但是避夏你要明白，飛機掉落的地方是太平洋，一點八億平方公里的太平洋，各式各樣的島嶼星羅棋布，我們只能根據黑盒子每秒以 37. 5kHz 的頻率發來的一次信號確認座標，盡可能的將失事範圍縮小到……」

「停——這些基本常識我都知道，在我父母去世的時候，我已經上過一堂再生動不過的搜救常識課了。現在你能冷靜下來聽我說嗎?當然，在我說這些之前，閒雜人等都出去。」

祁避夏對旁人的信任度一直都低得可怕，最後整間辦公室裡就只剩下了祁避夏、白秋、白冬、白安娜、助理小錢以及阿羅。

而在辦公室裡的電腦上，還開著辦公室門口的監視器畫面，防止有人接近。

等確保萬無一失之後，祁避夏才說道：「我知道謙寶在哪裡，不需要計算，只要有人手去搭救就可以。」

「你怎麼知道的?！」白安娜不可思議的看著祁避夏，有點不太敢確定祁避夏這是不是在做夢，又或者因為著急兒子而出現什麼不太正常的幻覺。那可是一望無盡的太平洋，找兩個人無異於大海撈針，哪怕是出動多國力量也未必能找到。

祁避夏沒跟白安娜廢話，直接讓助理小錢打開了他早就準備好的筆記型電腦。筆記型電腦螢幕上顯示的是一個標注著經緯度的平面地圖，而地圖上則有著一個正在不斷移動的小紅點。祁避夏指著紅點表示：「這就是謙寶目前的位置。」

眾人：=□=

白秋好不容易才找到了自己的嘴，問道：「介意解釋一下嗎？這個東西。」

「介意一邊去找人，一邊聽我解釋嗎？」這是祁避夏的回答。

然後，白冬和白安娜留下來統籌，白秋和祁避夏一行人便以最快的速度動身離開，帶著筆記型電腦飛到最近的港口，開始了乘船尋找祁謙和裴安之的旅程。

白秋本來想把有著定位的地圖分享給此前已經出海尋找祁謙和裴安之的幾組船隊，卻被祁避夏阻止了：「除了我和你所在的這艘船，其他人我都不相信。」

「之前已經去尋找的幾撥人裡可是有我大哥的親信。」也正是這些人帶給白秋飛機失事的消息。

「所以我們必須趕在他們前面找到謙寶！如果你沒跟他們說我們也在尋找就更好了。」

白秋有點不明白祁避夏的意思。

「你以為這會是簡單的飛機失事嗎？以裴安之的性格和處事手段，他只可能死於仇殺。而瞞過裴安之，在他眼皮子底下進行完美的空難謀殺，你知道這說明什麼嗎？」

「敵人過於強大？」

「我們中間出現了叛徒！不對，是裴安之身邊出現了叛徒。所以現在任何人，特別是來自裴安之身邊的人，都是完全不值得信賴的！」

祁避夏這輩子很少有需要動腦子的時候，可一旦他開始全神貫注的思考起某件事，也並不完全是沒用的。這大概就是所謂的愚者千慮亦有一得。

雖然白秋盲目的信賴著自己親大哥裴安之的強大，覺得以裴安之的掌控欲，身邊不可能出現叛徒，但抱著以防萬一的心態，他還是按照祁避夏所說的做了。

「現在你是不是該跟我解釋一下這個是什麼了？」關於祁避夏手中能定位祁謙的電腦，白秋仔細想了很久，覺得恐怖到了極點。

「我在謙寶的手錶裡安裝了追蹤器。」祁避夏倒是回答得很老實，「從十年前我在B洲L市被綁架之後，我就有了這個想法，只不過當時我想安裝追蹤器的目標是我自己，以防我再次被綁架，你們卻找不到我。後來等我認回了謙寶，我就把這個想法也付諸在謙寶身上，每年他生日我都會送他一塊和我手上的腕錶款式相同的防水石英錶，以便我能隨時找到他。這也是為什麼你們沒有告訴我飛機失事的消息，我依舊知道了的原因。」

祁避夏在估算過飛機到達機場的時間後就打電話給祁謙，打了好幾通，也發了好幾封簡訊和微信，卻都石沉大海。這讓他不得不開始擔心，因為這是祁謙從未有過的狀態。

以祁謙一貫隨身攜帶手機或谷娘眼鏡的習慣，根本不可能聯繫不到他，除非他在拍戲，但祁謙這次明顯是和裴安之出去玩了。再加上剛緬懷過空難逝世的父母，這情況讓祁避夏不由得瞎想，於是他開啟了對祁謙手錶的定位系統。

「要知道，我一般是不會這麼做的，那會顯得我像是個……你懂我的意思。」祁避夏最後這樣對白秋說道。說自己是個控制狂父親實在太負面，他開不了口。

「如果你兒子知道有這麼個東西存在的話，那你就不會顯得……？」白秋不置可否的點點頭，「嗯嗯，了。」

祁避夏一僵，「這次之後他會知道的。」

白秋能安慰祁避夏的只剩下一句：「祁謙是個孝順的好孩子，而且這次情況特殊……希望他能理解你吧。但你在找到他之後必須跟他解釋清楚，我和這東西一毛錢關係都沒有！」

「……」祁避夏就只能用「你怎麼這麼不夠義氣」的眼神看著白秋。

白秋則試著想像一下如果他這麼對他那個大齡中二病的兒子，當兒子知道後的反應……簡直不敢想好嗎？！

這也是為什麼雖然現在科技很發達，但拯救裴安之的工作依舊很難展開的主要原因。像裴安之這種人，最忌諱、最恐慌的往往不是有人在暗中恨不能殺了自己，而是有個人能隨時掌握他們的行蹤，那會讓他們坐立不安，一直都睡不好覺。

「哥，救命！」祁避夏一秒鐘再次變成了那個大家都熟悉的蠢蛋。

「自求多福吧。」白秋一臉沉痛的對祁避夏說道，「我還是比較想在阿謙面前保住當一個好小爹的印象。」

「哥，你不能見死不救啊！你就不想保住在我面前的好哥哥形象了嗎？」

「兩害取其輕，你就當沒有我這個哥哥吧，謙寶比你可愛多了。」白秋一邊和祁避夏耍寶，一邊暗自慶幸祁避夏的狀態真的算是比較正常，能開得起玩笑，他也可以安心了。他最怕的就是小的還沒找到，大的反倒先出事，他可不想再看到十三歲的祁避夏重新出現。

無論如何，大家此時此刻都堅信著祁謙還活著，因為那個紅點在不斷的移動。

當然，紅點移動還有一種可能是祁謙的手錶又或者他整個人都已經葬身魚腹，但在場沒人敢開口做出這個恐怖的假設。

◎◆◎◆◎◆◎

事實上，祁謙確實沒事，此時的他正坐在快艇上，無聊的戳著裴安之完美到不可思議的臉，自言自語道：「我也沒用多大的勁啊，他怎麼到現在還沒醒呢？什麼能止小兒夜啼的男人，這也太弱了，根本就是騙人的嘛。」

負責開快艇的黑子正在努力把「自己前 BOSS 被一個十六歲小孩弄暈過去」的記憶從大腦裡抹消，他才不想因為知道 BOSS 的黑歷史這種囧理由而被真的滅口呢！

青年除夕坐在快艇的另一邊，晚霞為他披上一層朦朧的金紅色的光，皮膚白皙得恍若透明。他眯眼感受著海風吹拂臉頰的感覺，那種還活著的感覺。他終於有點明白過去在孤兒院祁謙為什麼總是喜歡呆坐一處，什麼都不做，就是靜靜的看著這個世界，「它真的很美。」

在沒有失去之前，你永遠都不會明白的美。

「當夜幕降臨，繁星綴滿整個天空的時候會更美。」祁謙很高興的跟除夕分享心得。

「我們最好祈禱在天黑之前能回到小島上，夜景雖美，但在晚上開快艇就是找死了。」過去孤兒院裡的孩子中秋很是破壞氣氛的說道。

「……」打倒文藝小清新的，永遠都只能是糟糕的現實。

「對了，你幹嘛打量他？」中秋好奇的看著祁謙。雖然很多年不見，但他依舊對祁謙很熟悉，主要是透過電視和網路。知道祁謙找到了自己的親生父親，過得很好，孤兒院裡還記得祁謙的孩子都挺為他高興的。

祁謙一愣，不自覺的看向除夕，意思是：是啊，我幹嘛打量他？

除夕默默在心裡扶額，表面上依舊維持著鎮定道：「阿謙嫌他礙事。」

開快艇的黑子腦子裡開始不斷的循環播放：嫌他礙事、嫌他礙事、嫌他礙事……你們說的一定不是我的前BOSS！

「你們還像以前一樣嘛，什麼都沒變。」中秋笑了起來，眼裡閃著對過去的緬懷。在孤兒院的時候就是這樣。某一天，除夕突然領回來一個沉默的小男孩，像護犢子似的護著他，有什麼問題都是除夕代答，好像除夕比他自己還瞭解他似的。除夕一直是孤兒院裡的孩子王，有不少粉絲，那些人自然很不服氣新來的小孩能被除夕這麼護著，總愛趁著除夕不注意時藉故找祁謙的碴。

結果祁謙看上去傻乎乎的，人也確實傻乎乎的，不管別人怎麼說他，都不回嘴，鬧得大家怪沒意思的。最神奇的是，祁謙也不向除夕告狀。最後還是除夕自己發現的，發了好大的火，至此才算是徹底消停了。

「你們什麼都沒變，真好。」中秋想了半天之後這樣總結道。

「你變化也不大。」祁謙主動說。

「你還記得我？」中秋不可思議的看向祁謙，他能記得祁謙是因為祁謙是新來的，還總和除夕買一送一的一起出現，印象自然深刻。但對祁謙來說，他在孤兒院住不到半年，孩子們又總是一起出現，他和祁謙私下裡也沒有什麼接觸，怎麼想都不應該能記住他吧。

「嗯，你踢球的時候總會跑在除夕右邊，腳下有球的時候只要旁邊有除夕，就會選擇把球傳給他，而不是自己射門。你就住在隔壁房間，和重陽關係很好，和七夕關係不好。」要不是怕嚇到中秋，祁謙能把自己和中秋見的第一面一直說到最後一面，哪怕是中秋不同時間穿的衣服，以及他們倆之間為數不多的對話，他也能一字不差的複述出來。

中秋從一開始的驚訝最後變成了感動，如果不是中間隔著裴安之，他覺得自己一定會衝上去抱祁謙。這種你以為對方很冷漠、從未在乎過你，殊不知對方其實一直記得你是誰，知道很多你的事情的感覺既意外又驚喜。

為避免自己丟臉的哭出來，中秋生硬的轉移話題：「在我們沒來之前，你們在水裡泡得可夠久的，沒凍著吧？」

除夕和祁謙一起搖頭，大部分時間他們都在駕駛艙裡，只在感受到黑子的快艇靠近之後才重新泡回水裡。

不久前，在祁謙抱著泰迪熊入水之後——

其實祁謙身體受到的衝擊並不小，但他的治癒能力更勝一籌，在對比了從大氣層以外的高度直接墜到地球的陸地上，他個人覺得這次小小的萬米跳水實在是一件算不得多大的事情。在入水的下一秒，他就再次活蹦亂跳了起來。

而除夕的改造也是在那一刻完成的。

祁謙將泰迪熊變回駕駛艙，讓其漂浮在海面上。之後他才進了駕駛艙，看到了橫在裡面的裴安之，和已經從治療艙裡出來的除夕。

祁謙迫不及待的想與除夕見面，即便除夕已經長大，變成了一個比他還要高的二十歲少年——他好像從小到大就沒比除夕高過——而在他看到除夕的那一眼，他就知道那是除夕，他最重要的人，他來地球後睜開眼看到的第一個人。

可惜接下來祁謙和除夕的再次會面，並沒有什麼感人的場面出現，只有除夕對祁謙的吼聲：「你不要命了嗎？！仗著自己是外星人，身體好，就可以隨隨便便從高空跳下來了？不帶任何安全措施，你很有種嘛！你懷裡抱著的駕駛艙是擺設嗎？嗯？即便你不會死，難道你就不會疼嗎？」

——你難道就不知道，我甚至都不敢想像你疼痛的感覺嗎？

「但是已經好了。」祁謙抬手證明給除夕看，「你好好的，裴安之也好好的，駕駛艙和祁避夏給的手錶也好好的，我有把最重要的東西都保護好。」

「用你自己的身體！再沒有什麼會比你更重要的了，你明白嗎？」除夕在改造即將完成的時候就已經有了思想，透過 2B250 知道了外界的情況，他以為駕駛艙會成為祁謙的緩衝，卻沒想到祁謙會傻到用自己的身體去當駕駛艙的緩衝物。

知道祁謙這麼做的那一刻，除夕一邊感動著，一邊想著一定要狠狠教訓祁謙一頓，他怎麼這麼不愛護自己！

「再沒有什麼比你對我來說更重要的了，你明白嗎？」祁謙是這樣回答除夕的。

除夕刷的一下紅了一張臉，從耳根蔓延。他這下是一句話都說不出來了，只在最後小聲的說了一句：「這也太犯規了。」

然後祁謙就愉快的與除夕和好如初了。

祁謙問除夕：「接下來我們該怎麼辦？」

附近都是飛機的殘骸，祁謙和被改造的除夕都在第一時間明白了，在這片海域裡，除了他們三人，已經再沒有任何一個活人了。

「我已經讓 2B250 聯絡了黑子，他安置孤兒院孩子們的小島剛好就在這附近，再次感謝你這些年來的資助。」

利用祁謙給的錢以及除夕隨著郵件附上的一些金融建議，黑子和他的兄弟賺了一筆不小的財富，在足夠買下一座私人小島之後，他就把孤兒院的孩子們都接到了島上生活，電腦、電視什麼娛樂都不缺，醫療衛生教育也很發達，除了孩子們過得相對封閉以外，基本上沒什麼不好的。

孩子們也很喜歡這樣的生活，因為那場大火，他們對外界都有著很深的牴觸，當年還不曉事的小嬰兒們都已經被送走了，留下的都是真心感激除夕的大孩子。這十年，他們也陸陸續續從外面接回來一些過得很困苦的孤兒，變成了一個真正的大家庭。

當然，黑子之所以幫助這些孤兒，也不可能全部都是出自善心，他和他的兄弟當年就是孤兒，被裴安之撿回去訓練，陪著裴卓長大，一直都是忠心耿耿。在等待除夕的這些年裡，黑子也在按照這個標準替除夕打造屬於他的班底。

除夕之所以叫黑子來，一是因為他近，二是因為正好能讓他的出現有一個合理的解釋。簡單來說就是跟除夕沉睡時一樣，繼續兩頭瞞。等裴安之醒了，他會以為除夕一直在黑子那裡，黑子則會以為除夕這些年一直在祁謙和裴安之這邊。而以他們兩人的性格和地位，他們這輩子都不會有什麼機會交流這件事情。

除非……裴安之提前醒來。

裴安之醒過來的時候，快艇還沒有到達孤兒們的小島。他迷迷糊糊的睜開眼睛，最先入眼的就是祁謙白皙的手指正在鍥而不捨的戳著自己的臉。

「Oh，God，哪怕是在地獄了你也不肯放過我嗎？」裴安之道。

「你以為我死後會下地獄？」壞人才會下地獄。祁謙怎麼都沒想到裴安之在心裡會這麼想他。

「不然呢？也就只有你那個蠢爹祁避夏會覺得你是小天使了，你有時候毒舌到連我都恨不得能掐死你好嗎？你騙走我庫男神的耳環的事情我一直記到現在！」裴安之越說越激動，想想就悔不當初，他到底是為什麼要「綁架」祁謙呢？完全就是替自己請回來一個活祖宗，最主要的是，他！還！打！不！過！他！

「咳。」祁謙表示，雖然讓裴安之以為他們已經死了也許會聽到不少料，但最終他還是善良的決定提醒裴安之不要再繼續他愚蠢的想法了，以免他在更多人面前丟臉，把他一貫英明神武慣了的裡子和面子都丟個乾淨。

「怎麼了？」裴安之皺眉，他也漸漸開始覺得有哪裡不對勁了。

「你的右邊。」

裴安之偏頭，看到一個黑髮黑眸的二十歲青年對他揮著手打招呼道：「嗨，爺爺。」

「……！」裴安之當然認識眼前的青年，雖然他沒見過對方的3D立體模樣，但2D的照片他每天都會看很多遍，從十歲一直到二十歲，他迫不及待的期待與對方見面。

裴安之仔細打量著自己的孫子，他漸漸長大，已經不再與白秋那麼酷似，眉眼間更像裴卓，一樣的堅毅，一樣的值得信賴，是他曾經最滿意的繼承人。

從什麼時候開始呢？他們父子之間出現了隔閡、矛盾，並漸行漸遠。曾經裴安之最滿意自己大兒子的一點就是他和白秋一樣，做事很有自己的原則，從不輕言放棄。但最後也是這一點，讓他失去了他的兒子。

黑道終究不是一條什麼好路，懲惡揚善才是正途。裴安之突然明白他應該做什麼了，在他已經失去了大兒子二十年後的今天。

除夕握上裴安之的手，那個他上輩子裡少數給過他全無保留的親情的人。

兩人相顧無言，誰也沒有說話，卻已經懂了彼此眼底的親情。

「我不能留在這裡。」裴安之最後這樣說道。

「為什麼？」除夕和祁謙意外極了，他們馬上就要到達孤兒們所在的島嶼了，等聯絡上白秋和祁避夏，他們就徹底安全了。

「對方要殺的是我，我不死，他們不會甘休，我會給你們帶來危險……而且我也另有打算，你們把我放下吧。」

「在這裡把你放下？」中秋不禁跟著問了一句。他開始明白祁謙和除夕口中的礙事是什麼意思了，在茫茫大海裡堅持讓他們把他留下的找死人士，不打量他真的解決不了問題啊！中秋開始很認真的考慮再給裴安之一記手刀的可行性。

「迦樓羅他們應該已經展開了搜救，我不會死，只會和他們會合。」裴安之掏出自己脖子上很像是地攤貨的掛墜，然後用力捏碎它，「信號已經發出去了，他們很快就會過來。」

「萬一他們不在這片海域呢？」

「不可能，迦樓羅知道我的目的地就是黑子所在的島，他們找我也只可能是順著這條線來。」裴安之這些年來其實一直都沒有放棄尋找除夕，皇天不負有心人，終於找到了黑子身上。他帶祁謙來，就是想對祁謙表示：你不是不告訴我嗎？哼，我自己找到了。

「但是天馬上就要黑了，你很有可能會凍死在海裡，而且你要怎麼跟你的手下解釋你出現在這裡？」除夕這樣對裴安之問道。

「不要任性。」祁謙皺眉，如是說。

裴安之哭笑不得的搖搖頭，看著除夕和祁謙說道：「我想，在這裡我才是長輩，我說了算。聽話。」

×月○日　第十六篇日記

除夕也有尾巴了

說時遲那時快，中秋對著裴安之的脖頸手起「刀」落，卻被裴安之輕鬆的接了下來。一個轉身，裴安之反將中秋扣在了自己身上，勾起唇角道：「你還是太嫩了，小子。」他出來混的時候，這小子還沒出生呢！

專心致志開快艇的黑子在心裡默默盤算著，也不知道回去替中秋緊急補訓一下還能不能有救，主要是針對智商——真不知道他哪裡來的信心，竟然會以為憑他那點三腳貓的功夫就能撂倒裴安之。

裴安之十六歲之前的人生平淡無奇，十六歲之後「豐富多彩」。而為了應對這份「豐富多彩」，他自然是一刻也不敢鬆懈下對身體的鍛鍊和對別人的警惕之心。可以這麼說，除了祁謙那個變態以外，基本上還沒誰近過裴安之的身，哪怕是他的寶貝弟弟白秋也不例外。

除夕沒想到中秋會這麼衝動，但他不得不承認，直接將人打暈是個好辦法，如果中秋剛剛能一擊命中。

現在裴安之已經有所警覺了，那麼就只剩下……除夕本來習慣性的要看向祁謙，但緊接著他意識到，他已經變成了有一條尾巴的半α星人，他自己就足以搞定這一切。

祁謙剛好也是這麼想的——他自己足以搞定這一切。

不過，兩人因為太過相似的思維，反而絆住了彼此。

「你們倆誰也不許妄動，黑子停船！」裴安之很快就看破了除夕和祁謙心裡的打算，對他們喊道。他很熟練的狠壓了一下中秋的手，希望藉此製造點慘叫，讓「人質」的痛苦能嚇到對面的人。

可惜……這不是搞笑嘛！「綁匪」居然綁架和自己同一夥的「人質」，目的是不希望別人阻止他凍死在大海上。

「不行！」祁謙和除夕同時對黑子命令道。

但最終黑子還是選擇了停下快艇，這是多年來在裴安之發號施令的背景下養成的習慣，哪怕已經很多年沒在裴安之手下討生活，可一聽到那個聲音，他還是不由自主的照做了。

裴安之得意的看向祁謙和除夕，「薑還是老的辣。」

你就非要這麼幼稚嗎？祁謙在心裡腹誹，他知道這個時候不太適合說這句，所以也就在心裡想想。

「你就非要去送死不可嗎？」除夕是這樣說的。他真的很生氣，上一世的今天他失去了裴安之，這一世他以為一切都會改變，沒想到沒有死於飛機失事的裴安之，竟然換了個找死的花樣。

裴安之看著除夕關心的眼神，感受到了一種說不上來的窩心，但同時也更加堅定自己的信念，有些事錯了就是錯了，他唯一能補救的辦法就是不要一錯再錯。他想著，這也許是他難得的善心在作祟，一生一次的善心。

不過，在裴安之去做他想做的事之前，他覺得自己很有必要向除夕等人講清楚：「雖然我不懼怕死亡，卻不代表我會在明明不用死的情況下去追求死亡。我又不是變態。」

祁謙在心中腹誹，這辯駁還真是讓人無法相信。

「這些年我闖過多少次鬼門關？不也活得好好的？放心吧，我有萬無一失的計畫。」

「哦？是嗎？那就演示給我看，你能在水面上等到救援的萬無一失。」除夕明顯不相信裴安之的話，他基本上已經認定了裴安之就是想去送死。

「如果我有證據證明我能等到迦樓羅來救我，你們會保證離開嗎？」

「我保證。」除夕點頭，他已經做好了無論裴安之怎麼巧言舌辯，都用一條「海水會凍死你」來辯駁，沒有知識好歹有點常識，沒有常識也該看過上個世紀的經典電影《鐵●尼號》，不知道男主角和大部分好不容易從船上逃出生天的人是怎麼死的嗎？！除夕就差這麼吼出來了。

裴安之一臉果然如我所料的胸有成竹，然後他不緊不慢的從自己的救生衣裡拽出一塊說不清質地的布料，直至那塊布充氣成型，除夕等人才明白這是快速充氣式救生船的演變體；接著，不知道裴安之操作了哪裡，布料就自己開始膨脹，變成一個特別小、僅僅能勉強坐下一個人的救生船。科技越來越發達的今天，有很多東西都是很神奇的。

「這個也太神奇了，我都不知道有這種東西的存在。」哪怕是被壓在身下，中秋也在怒刷存在感。

「別人也不知道。」裴安之笑得得意極了，他就喜歡看人被他驚嚇到的表情，傻極了，還能順便凸顯自己的高智商，「那麼，現在你們可以放心了吧？它足夠保證我在等待人來的時候不會被凍死，我甚至都不用接觸海水。在我的救生衣裡還有壓縮的食物和一點淡水，以及緊急治療的藥物。」

祁謙突然有點遺憾自己的救生衣在從飛機上掉入海面的時候被毀壞了。

「大海神秘莫測，『可能凍死』並不是你唯一需要擔心的，還有天氣、海洋生物……」雖然被裴安之打了個措手不及，但除夕反應也不慢，重新找到阻止裴安之的理由。

「迦樓羅已經朝著這邊趕來了，不出一個小時他就會到，你覺得一個小時在接近海島的海域能發生什麼？」裴安之無奈道。黑子出海前應該是看過天氣預報的，否則他也不會如此氣定神閒的直接開著快艇就出來救人。

「你怎麼就那麼篤定他們肯定會在一個小時內找到你？」除夕不依不撓道。

「這裡離你們所在的小島還有多遠？」裴安之突然對黑子問了個好像無關緊要的問題。

「大概還有半個小時的航程。」黑子估算道，眼力好的話，差不多已經可以在這裡遙遙的看見遠處化作一個小點的島嶼了。黑子覺得這大概就是所謂的命不該絕，飛機失事的地方真的離小島很近，哪怕除夕沒有聯絡上他，他們大概也能靠著自己的力量漂流到小島上。

「正好，那我們來這樣約定吧。」裴安之對除夕道。

「約定什麼？」除夕皺眉。

「你們先去小島，把祁謙和這個弱得可怕的小鬼放下，然後你們返回來找我，前後差不多也是一個小時的時間，如果你們回來了，我還在這裡，那我就跟你走；如果你們回來了，我和救生船都不見了，那就說明我被救走了，你接下來不能再妨礙我去做我想做的事。」

「你到底想做什麼？還是必須甩開我的。」除夕勉強算是接受了裴安之其實不準備去死的這個說法，但現在他開始擔心別的了。

裴安之就是個有理智的瘋子，這是所有人公認的事實。

「只有我死了，想殺我的人便沒辦法殺死我第二遍。」裴安之笑了笑，「而在我的葬禮上，人情冷暖，一眼便知。」

「你是說……」除夕終於明白了裴安之的意思——詐死。

「這是解決目前事情的唯一辦法。」裴安之點點頭，他是從裴卓當年假死的事情上得到了靈感，當所有人都以為他死了之後，他才好在暗中做些什麼，好比釣出幕後真凶，也好比把埃斯波西托家族一網打盡。無論這次飛機失事與埃斯波西托家族有沒有關係，他都已經不打算再把那個隱患留下去了。

「但我已經知道埃斯波西托家族的少主在哪裡了。是真的有這個少主存在，而不是什麼外界猜想的不過是埃斯波西托家族的幌子。」上一世他就是死在這個少主手上，在他好不容易調查清楚裴安之的飛機失事的真相之後。

裴安之長嘆一聲，看著除夕，心裡想著這孩子果然還是太年輕了。他第一次以一個長輩的身分對除夕諄諄教導：「你以為一個龐大的家族，真的會對一個跟你差不多大的孩子馬首是瞻嗎？哪怕是我如你這般大的時候，也從未敢想像年輕如斯的自己能掌握一個家族。擒賊先擒王，想法沒錯，但你也要確定你擒的是真王，而不是傀儡。是真的少主又如何？冒牌貨又能怎麼樣？」

真正說了算的人，永遠是那個把少主推上位的人。他們今日能擁立一個少主，明日就可以有一個新少主。

除夕睜大了眼睛，比以往運轉高效很多的大腦突然有了一種被撥開迷霧的感覺。怪不得上一世，他帶著裴安之最精英的舊部卻始終鬥不過一個埃斯波西托家族的少主，不是對方太強大，而是對方身後的人要比他強太多，最起碼對方能在最關鍵的時候擰成一股繩，可他對裴安之舊部的掌控力卻低得可怕，四分五裂，不成系統。

是他魔障了，執著於一人，看不清那人身後的高山、天空，甚至是宇宙。

當年的少主是否清楚呢？他從來都不是揮刀的人，只是一個被線控制、擺弄的玩偶。

「上一輩的恩怨就留給上一輩的人來完成吧，你有你的未來和人生，不應該被束縛在這段孽緣裡。」

裴氏一族和埃斯波西托家族的恩怨由來已久，孰對孰錯已經再難分說清楚，兩方一樣都是「別人潑了我一盆涼水我就要燒開了潑回去」的性格，做事睚眥必報又不計後果，這才造成了今日不死不休的局面。

裴安之曾以為他已經強到足以掌握自己的命運，但裴卓卻告訴他，那是根本不可能的，制定規則的人說到底也不過是被規則和體系牽著鼻子走而已。如果他真的能為所欲為，那麼當年也不會讓埃斯波西托家族苟延殘喘至今，甚至差點釀成大禍。

頑固的裴安之終於在兒子死去快二十年的今天，承認了自己的錯誤，並在心裡發誓，他會親自了斷這個錯誤。

他將不再有所顧忌，不再掂量自己的勢力會不會過大、會不會破壞了平衡、會不會被別的家族聯手打壓……無論付出多少代價他都在所不惜！他只要弟弟若素、孫子裴熠，還有那個不孝子二越能好好的。

「如果你想明白了，那麼，拜拜。」裴安之放開中秋，俐落的翻身登上已經在海上漂了一會兒的救生船，他笑著對祁謙揮手道：「你們回去之後，去老地方拿一件東西。祁謙你應該知道我說的是哪裡，刨去那裡面你我會感興趣的，剩下的就是我留給裴熠的。」

祁謙聽後，感覺整個人都不好了。

因為裴安之說的只有他知道的老地方，放著的是裴安之的各種公仔和同人周邊，而裴安之要給除夕的一定是很重要的東西。裴安之竟把那麼重要的東西放在一堆公仔和周邊裡，這個組織果然真的是沒有未來。

「別人肯定想不到，也找不到。」裴安之卻對自己藏東西的手段很是自得。公仔和周邊本就奇奇怪怪，什麼樣子都有，縱使別人找到了他放那些東西的地方，也肯定會面對那一大堆的公仔和周邊產生一種無從下手的感覺。

當然，裴安之必須老實承認，他會把那東西和公仔周邊放在一起，也是因為那些東西對他來說都是最重要的，還有若素和裴熠小時候的照片也放了進去。

祁謙真的已經無法直視裴安之這個被無數人敬仰、懼怕的老大了。

之後，除夕和祁謙就離開了，因為他們同時感覺到不遠處已經有船隻在靠近。走了大概十分鐘，除夕又讓黑子折返回去。來回二十分鐘，裴安之已經消失了。他們只來得及看到一艘大船在夕陽下遠去的影子。

大船甲板上，海風獵獵，忠心的迦樓羅把他從望眼鏡中看到的快艇上的一行四人彙報給裴安之。

裴安之點點頭道：「裴熠能救到祁謙就好，雖然有點晚了，沒能來得及找到我。」哪怕是面對最忠心的下屬，裴安之嘴裡也是不會有百分之百的實話。

這就是裴安之為人處事的原則，對誰都不會說真話。

「那您？」迦樓羅自然知道裴安之這些年有多想見到孫少爺裴熠，也一直存著要讓裴熠當接班人的想法，但是裴安之剛剛已經下達就當他「死了」的消息，而在此之前，裴安之的遺囑裡可沒有把化名為恆耀集團的組織的大權留給裴熠。

「該怎麼做還是怎麼做，我要親自來設計自己的葬禮。」

「是。」

◎◆◎◆◎◆◎

祁謙上島之後的第一件事情就是打電話給祁避夏報平安。

「兒你子沒啦事？」人還在船上的祁避夏，接到祁謙的電話之後，整個人都激動得有點不對勁了，具體表現為語無倫次。

一開始看到不知名的電話號碼，祁避夏其實並沒打算接，還是白秋提醒他這有可能是祁謙被救後用別人的手機打來的電話他才接的。沒想到還真的是！祁避夏表示，再沒有什麼比剛經歷了生離死別就接到親人電話還讓人想感謝上蒼的了。

「爸爸擔死心了你。」

「我一直都沒事啊，你在說什麼？」祁謙按照和除夕提前商量好的那樣對祁避夏說道。為配合裴安之的計畫，祁謙自然是不能以空難倖存者的身分存在。

「你別騙爸爸了，我已經知道飛機失事的事情了。」祁避夏終於找回了自己的正常語序說道，「我知道你是為了不讓我擔心，但這種事情怎麼可能瞞得住？我已經在船上了，馬上就能和你會合。」

「什麼飛機失事？」

當年為了替《法爾瑞斯 online》裡頭的 BOSS 配音，祁謙學會了如何運用聲音來表達自己不同感情的技巧，之後他就很好的將其運用在生活裡。好比此時此刻，他將「莫名其妙」和「不明所以」演得淋漓盡致，這讓在一旁聽著的除夕詫異不已。要知道，祁謙可還是那一副面無表情的標準表情。

「你真的不知道？你不是和裴爺一起坐飛機去國外了嗎？」祁避夏真的有點糊塗了。

「本來是這樣的，但在飛機還沒起飛前的一刻，我接到了來自除夕的訊息，他身體徹底好了，就在港口，邀請我去他的島上玩，我就下了飛機，沒和裴安……裴伯伯走。裴伯伯自己走了，不過他和我約定好，等他的事情辦完之後就來島上找我和除夕會合。你說的飛機失事，不會是裴伯伯的飛機吧？！」

祁避夏的第一反應就是否認，因為他不想祁謙傷心。雖然這些年他一直不怎麼希望兒子和裴安之接觸，但他也很清楚祁謙和裴安之的感情，猛然間告訴兒子這樣一個噩耗，他真的不知道祁謙能不能承受得住。

結果……不等祁避夏確認祁謙能否承受得住，白秋已先因為情緒起伏過大而暈了過去。先是接到自己親大哥出事的大悲，再到祁避夏帶來的很快就能找到人的大喜，現在又變成了祁謙其實根本沒和他大哥在一起的突兀神展開，再堅韌的神經也受不了這種轉變，更何況白秋本就不是多麼堅強的性格。

祁謙聽著電話裡的兵荒馬亂，差一點就脫口而出裴安之其實沒死的真相，結果卻被除夕制止了。

祁謙用疑問的眼神看向除夕：白秋已經那麼傷心了，為什麼還要瞞著他呢？

除夕也用眼神回答：這個世界上沒有不透風的牆，知道裴安之假死這件事的人已經很多了，如果再加上白秋和祁避夏，誰知道他們會不會一時心軟就告訴別人，別人又會不會告訴更多的人……那麼裴安之假死的意義何在？

祁謙搖了搖頭表示不懂。因為他不會讀心術，怎麼可能看得懂除夕眼神裡的意思？他其實一直覺得很奇怪，小說、動漫畫裡那種用眼神就能交流的神技到底是怎麼運作的，根本就不科學嘛！

除夕無奈的笑著搖了搖頭，不等祁謙有什麼反應，便直接拿過祁謙手裡的電話，對祁避夏道：「祁叔叔嗎？你好，我是裴熠，裴安之的孫子，也是你兒子祁謙最好的朋友除夕。我現在所在島嶼的座標是……對對對，我們這裡有一套很完備的醫療設備，如果你們的船隻離我們這邊更近的話，就不要返航了，儘快過來吧。」

因為一開始的目的是去救人，所以祁避夏的船上本就帶著醫生，暈過去的白秋不會有什麼大礙。

唯一讓祁避夏為難的是，到底該帶著白秋回內陸檢查，還是堅持先去島上確定兒子的安危。正在他左右為難之際，除夕主動為他想到了一個兩全其美的解決辦法，他自然是十分高興的，而鑑於除夕可以說是間接救了自己兒子一命，他對除夕改觀不少。

不過，這種改觀的想法也就維持到見到除夕和祁謙之前。

在祁避夏目睹了祁謙和除夕兩人之間那種彷彿根本插不下第三人的見鬼氣場，祁避夏就決定繼續討厭除夕了，比以前討厭費爾南多還討厭除夕！

說起來，費爾南多好久沒跟自己聯絡了呢，祁避夏決定等事了了就回去發封簡訊問問。

除夕自然也感受到了來自祁避夏的敵意，那讓他有點手足無措，畢竟在上一世的時候他和祁避夏相處得一直很融洽，他不知道這一世自己哪裡做錯了，會讓祁避夏對他露出那樣的表情。於是除夕對祁避夏變得更加殷勤起來，想要轉變祁避夏的想法。

祁避夏卻覺得危機感更勝——自己和眼前的除夕無親無故，他為什麼對自己這麼好？無事獻殷勤，非奸即盜！他有什麼好圖的？不就是他兒子！臥槽，除夕窺覬他兒子！簡直不可饒恕！

白秋終於醒了。

清醒後的白秋進入了祁避夏之前那種「在乍然聽到祁謙出事，不得不堅強起來」的玄妙狀態，他算是明白了祁避夏前不久的想法，如果連他都倒下了，他又能放心誰來對他哥哥的事情盡心盡力呢？更何況這邊還有一個對家裡的事情一無所知的裴熠，白秋深感責任重大。

「您身體不好，我怎麼能勞煩您呢？」除夕卻拒絕了白秋想接他一起住的好意，「我已經是個成年人了，雖然之前一直都躺在醫療室裡，但我現在已經好了，我能照顧好自己。」

除夕其實挺喜歡和白秋這個二爺爺相處的，可惜他不喜歡白秋的兒子白言。而根據他上一世的記憶，離白言回國的日子已經不遠了。想像一下，他和白言共處一室，基本上就是吵得天翻地覆的節奏，白秋夾在中間左右為難……這是除夕所不想看到的。

所以除夕只能拒絕白秋。

「我會照顧好除夕的。」祁謙忽然的神來一筆，帶著一股說不清道不明的霸道味道。其實他也不知道自己為什麼會這麼說，只是下意識的就開口了。他從未想過他和除夕會分開，好像他們本就該一直在一起。在白秋說希望能照顧除夕的時候，祁謙心裡莫名有了一種自己的東西被搶走的感覺，他自然是不會相讓的，哪怕那個人是白秋。

祁避夏簡直不敢相信自己的耳朵，難道說不僅是除夕對他兒子圖謀不軌，他兒子也已經被除夕誘惑了……

——不，上帝，祢為什麼要這麼對我？！

祁避夏倒不是歧視同性戀，他身邊就有不少同性戀友人，裴越、三木水、常戚戚和齊雲靜，他都很支持。只是他無法想像他兒子才十六歲就談戀愛，更無法想像將來有一天他兒子會離他遠去，和另外一個人組建一個沒有他的家庭。

——這是絕對不允許的！除夕果然是異端！燒！燒！燒！

除夕感受著祁避夏周身彷彿已經能實質化的熊熊火焰，不自覺的有點怵然，總覺得自己好像做了什麼對不起祁避夏的事情，但他真的沒有啊！

白秋雖然覺得意外，卻很高興祁謙和除夕的關係能這麼好，這很符合他「一家人就該和睦友愛」的論調，這一幕可以說是此時此刻唯一能讓他感到高興的事情了，所以他笑著對祁謙說：「那就拜託我們謙寶了，要照顧好弟弟，當個好哥哥啊。」

從第一次見到祁謙開始，白秋就覺得祁謙是個很可靠的好孩子，一直都喜歡得不得了，如今更是滿意異常。

「……二爺爺，我並不想破壞氣氛，但其實我比阿謙還大四歲。」

「誒？」白秋也不知道自己為什麼總會有這種想法，總感覺祁謙要比除夕大。但再仔細一看他才發現，不只是年齡，哪怕是外表，都是除夕要比祁謙顯得年紀大些。

祁謙倒是挺高興的，一到私下裡的時候就趕忙對除夕炫耀道：「叫哥。」

「哥！」除夕面對祁謙時，總是特別的沒有節操和下限。

「……」為什麼突然很沒有成就感了呢？

除夕在心裡默默的勾起一個滿意的唇角，面對閒著沒事幹就愛調戲或者逗你玩的人，最好的解決辦法無非是調戲回去，又或者不接招，就按照對方想說的去做，難受的肯定不會是你，最起碼不只是你。祁謙想當個成功的地球人，還有的學呢！

於是「除夕入住祁避夏和祁謙的家」就這麼愉快的決定了。

祁避夏表示：哪裡愉快了啊！問我了嗎？我了嗎？了嗎？嗎？！(╯`□´)╯┻━┻

◎◆◎◆◎◆◎

回到家之後，祁謙笑著用祁避夏為他準備的新手機登入了自己的微博——他對祁避夏解釋舊手機不慎落在裴安之失事的飛機上——他從每天都會有幾十萬甚至上百萬的龐大留言裡，找到了一條與別的表白留言別無二致，但只有他自己知道意思的留言拿給除夕看。

那是祁謙和裴安之約定好的報平安的方式，在祁謙的微博裡用一個看上去與別的粉絲沒什麼不同，但只有祁謙和裴安之知道的暱稱留言，留的內容也是一些粉絲時常愛說的話，好比「我殿激萌」、「最愛殿下了」什麼的。

這時常會讓裴安之吐槽祁謙其實內心就是個自戀的悶騷。祁謙則淡定的回答，這是為了更加有利的隱藏於大眾之中，誰讓他的粉絲就愛留這些呢，他也沒辦法啊。但祁謙心裡想的則是，他就是愛看裴安之一臉糾結的打下這些話啊，實在是太解氣了，並對留什麼內容他還給出了嚴格的規定。

而這次輪到了……

除夕看看留言，再看看笑得好像偷了鄰居一隻雞的祁謙，又看回手機螢幕，一臉莫名其妙的一字一句讀道：「我殿我想給你生孩子、子？」

走廊上「碰巧」走過的祁避夏表示：臥槽，你說了啥？！

除夕面對一臉想和他談人生的祁避夏，簡直欲哭無淚，這誤會可鬧大了。好不容易才解釋清楚，他剛剛只是唸出祁謙微博上粉絲的留言，並沒有別的意思，這才把一遇到兒子的事情就智商直線下降的蠢爹祁避夏將信將疑的打發走。

等確定祁避夏真的走了之後，除夕對祁謙問道：「雖然我覺得這有可能是我爺爺留給你的暗號，但你們不覺得這個暗號……太大眾了一點？」

僅僅是除夕看的這幾頁，他就已經看到了不下幾百條類似的留言，像什麼「殿下我想和你生孩子」、「我殿我們來造人」等等等，更神奇的是連「我殿我想你給我生孩子」這種都有，語言迴異，卻殊途同歸。除夕特想回一句話：妹子即便妳有祁謙的功能，祁謙也沒有妳的功能啊！而且……

除夕看了看祁謙，最終還是沒把自己心裡最渴望的說出來，他覺得那像是褻瀆了什麼似的。祁謙只要能陪在他身邊他就心滿意足了……大概。

「不會啊，還有別的要求，好比微博暱稱。看到了嗎？前面是名字，後面的數字則表示這是第幾個只用一次就會棄用的馬甲。還有，不同的留言會配上不同的圖片。細節很多的，只有全部滿足這些細節之後，才能確定那人就是來報平安的裴安之。」祁謙耐心的對除夕解釋道，哪怕是面對祁避夏，他也從來沒有過這麼好的脾氣。

「這麼龐大的信息量，你一一對比？」除夕總是會對外星人的能力表示各種不可思議的驚嘆。

「驚訝什麼，你現在也可以。」祁謙道。

除夕對於自己身分的轉變沒有什麼太大的感覺，他總是後知後覺的意識到，他已經不算是徹頭徹尾的地球人了。他的身體被改造成半α星人，擁有α星優於大部分地球人的身體素質和高智商，甚至還有自我治癒能力，唯一和真正的α星人的區別就是他只有一條尾巴——曾屬於祁謙的最強之四尾。

◎◆◎◆◎◆◎

第二天，祁謙投入到緊張的拍攝工作中，就是他在洛浦生脫口秀上提到過的《地球人》裡艾斯少將的番外篇——《總有一天我會毀滅地球》。

脫口秀上說的是即將開拍，但其實他們已經拍了有一段時間。依舊是由時代遊戲牽頭，主要投資方包括皇家電影公司、白齊娛樂、白氏國際在內的四家集團以及三木水個人，由常戚戚擔任總監製，拍攝團隊和後期製作的人員都是共同締造了《地球人》十年神話的原班人馬，原來的配方、熟悉的味道……咳，被所有人寄予了很高的期望。

《毀滅地球》需要的資金，比起其他被炒得很熱的大製作電影其實要小得多，主要投資方中任何一方都能單獨承受，哪怕是對三木水個人來說都不是什麼大問題，但最後他們還是選擇了聯合投資，一是基於傳統的風險均攤原則，二則是《地球人》前面賣得太好，任何一方都捨不得撤資。

《毀滅地球》並沒有舉行開機儀式，因為準確來說，從十年前主角祁謙還只有六歲不到的時候，這部電影就已經開始了秘密拍攝，三木水覺得現在再搞什麼開機儀式太可笑了。

和一般電影的導演中心制、又或者是製片方中心制不同，《地球人》這一系列的電影在拍攝的全部過程裡，都是以三木水這個原作者兼總編劇為核心的創作班底，簡單來說就是整個片場三木水說了算。以他今時今日的地位，還真沒人敢挑戰他的權威。

當然，也不是沒有例外，好比此時此刻。

祁謙本以為他只請了一天假——陪祁避夏回S市掃墓——卻因故缺席了好幾天的拍攝，三木水和阿羅肯定要著急上火。畢竟這部電影是打算與當年的《地球人》第一集在暑假檔同個日期上映，好製造一個十年的歷史重疊，一直以來的對外宣傳也是如此。現在已經是二月底了，哪怕審核方面有齊家在後面大開綠燈，他們也必須加快拍攝進度，好替後期製作留下足夠的時間。

結果等祁謙和除夕去了片場之後才發現，哪怕祁謙這個主演到了，電影卻根本沒辦法拍攝，現場亂成一團。

因為導演罷工了。

《毀滅地球》的導演正是前面十年一直拍攝《地球人》的導演李維我，當年三木水和月沉因為創作理念不同而分開，三木水就找上了剛從電影學院畢業的新人導演李維我，在對方一部拿得出手的電影都沒有、只有畢業影片作品的情況下，堅持啟用了對方，並在接下來的十年裡幫助對方躋身到一流導演的行列。

作為小透明的時候，李維我自然是對三木水這個業內大神馬首是瞻、頂禮膜拜的，但隨著這十年來《地球人》的票房持續大火，李維我的自信也在過高的讚美中被無限膨脹起來，真的開始覺得《地球人》的成功全是他的功勞，頓生一股舍我其誰的氣勢。

然而，近幾年他頻頻和三木水發生摩擦，不過都是些小問題，三木水也沒有太過在意，直至這次《毀滅地球》開拍，李維我動起了想捧自己戀人的心思，才讓三木水無法忍受。

如果那個男人是個有演技的，三木水也能認可，但對方就是個繡花枕頭，除了長得還算對得起觀眾，腦子裡裝的都是草——這是三木水原話——還偏偏自視甚高，生了一顆貪婪到讓三木水都瞠目的心。

一開始看在李維我的面子上，三木水勉強同意了為對方在電影裡臨時加個戲分不多、但足夠討喜的角色。

結果這段時間祁謙頻頻出事，莫名養大了對方的野心。也不知道他是怎麼想的，竟然開始窺覬祁謙的角色，希望能踢掉祁謙這個「不負責」、「耍大牌」、「無故曠工」的主演，由他頂上，並且他還自我感覺十分良好的覺得自己要比祁謙這個「關係戶」演得好多了。

三木水哭笑不得的心真是無法言說。

先不說前面十年三木水在祁謙身上下的功夫，哪怕沒有前面十年，今年祁謙也已經拍了不少鏡頭，眼見著暑假臨近，刪掉祁謙的鏡頭重拍根本是不可能的；即便可能，主角的位置也不會是他一個毫無建樹的小角色能頂替得了的。

本來李維我也沒那麼大的膽子敢動祁謙，雖然祁謙一直很低調，除了祁避夏的兒子這點以外，他沒有明確的對外說過他是誰誰誰的親戚，但演藝圈就這麼大，這些年祁避夏叫白齊娛樂的董事「大姐」、「哥哥」的事情又有幾個人不知道？祁謙皇親國戚的身分自然也就跟著坐實了，李維我瘋了才會去和投資方的親戚過不去，而且那個親戚還是在國內很有人氣的當紅明星。

但再堅定的信念也禁不住枕邊風的吹拂，一來二去的就動搖了李維我，讓他覺得祁謙或許沒有外界傳得那麼邪乎。坦白來說，如果祁謙真的是個什麼大世家的小公子，又何必來當演員、蹚演藝圈的渾水？只不過是有個名氣很大的老爸祁避夏罷了，而祁家早已不復往昔。

哪怕如此，李維我其實也不會沒腦子的就真的換掉祁謙，讓自己的戀人頂上，只是多少還是想去探探三木水的口風。

三木水多精的一個人，平時看上去冷冷清清、不通世故，但心思透亮。在對待工作上他一直是個霸道的人，最容不下的就是別人在他的電影裡指手畫腳、搞風搞雨。於是他沒說李維我什麼，只是直接刪除了李維我戀人的全部戲分，將他毫不留情的踢出了劇組，用行動告訴李維我——我很不高興。

李維我戀人的戲分本就是另外加的，甚至當初三木水加這段的時候就是為自己留後手，好方便自己在需要的時候隨時刪掉對方的戲分。

對方自然不會善罷甘休，於是找上了李維我哭訴。

李維我被戀人一煽動，也很不高興，覺得三木水太不把他放在眼裡了，好歹他才是導演啊，這麼不聲不響的把他的人刪掉是什麼意思？於是他本就對三木水一直壓抑的不滿終於集中爆發了出來，直接找上三木水要討個說法，並表示不讓他滿意他就不幹了。

三木水依舊是那麼一副淡淡的表情，然後不動聲色的把李維我先請出了劇組。

李維我當時還在家中穩坐，白日做夢的想著三木水會對他低頭、向他道歉，他又該如何三催四請才再次同意拍戲，結果噩耗從天而降，他被解雇了。

祁謙和除夕回來的這天，正是李維我不甘心，來劇組和三木水要橫表示要把他的人也帶走的時候——李維我這個總導演在劇組待了十年，多少也培養了一批心腹。

李維我其實並不想離開劇組的，只是想以此為要脅。

但是三木水根本不怕威脅，甚至很反感別人威脅他。於是，他第一次笑著對劇組裡的人說：「誰想跟李導演走？」

不少人紛紛響應。

「那麼就請和李導演一起滾出我的劇組！」沒有絲毫的拖泥帶水，聲音冷得彷彿能凍到靈魂深處。

本來抱著法不責眾心理的人這回徹底傻了。

「我不想說第二遍，請吧。剛剛攝影機已經拍下了各位點頭的畫面，既然是你們自己要辭職的，劇組不勉強，但也不會給你們多餘的薪水，單方面毀約的是你們。還有什麼問題請聯繫總監製常戚戚女士的助理。那麼，閒雜人等是準備自己走，還是我找保全請你們走？」

除夕沒想到第一天看祁謙拍戲就遇到這麼一齣，他倒是挺佩服三木水的氣魄，只是……除夕不放心的看了一眼祁謙，這樣支離破碎的劇組，會不會對阿謙的事業有什麼影響？

祁謙倒是挺鎮定的坐在一邊，用他新的谷娘眼鏡看動畫看得十分開心。

「你不擔心？」在李維我率先負氣離開，不少人也只能灰溜溜的收拾東西離開的時候，除夕戳了戳祁謙，憂心忡忡的問道。

祁謙摘下眼鏡，「事情解決了？」

「算是吧。」除夕不太確定的點點頭，他對這一塊是全然陌生的，但他最起碼也知道下個問題是：人走了，電影又該如何拍下去呢？

「徐叔叔肯定有後招，不信我帶你去問他。」祁謙對三木水充滿了信心。

「徐叔叔？三木水？你和他很熟？」上一世除夕不怎麼關注演藝圈，對三木水的名字只是有個模糊的印象，卻也不是全然不認識的。

「他從某種意義上也算是你我的親戚。」祁謙想了半天，才找到一個合適的關係定義。

除夕對於世家那種錯綜複雜又龐大異常的親戚體系深有體會，點了點頭就跟著祁謙去休息室找三木水。彼時這位正心情很好的和月沉聊著接下來的拍攝問題，主要是問月沉的團隊什麼時候能到位，月沉表示三個小時之後就到齊了，他的人可是很有效率的。

「你看吧，我就說有後招的。」祁謙對除夕如是說完，便上前和打了十年交道的月沉打招呼道：「月導，合作愉快。」

三木水在辭退李維我之前，就已經聯絡了又在尋求突破的月沉——換句話說，月沉就是在家閒著沒事幹。看在多年朋友的分上，月沉不可能不救急，而且他也已經拍膩了電視劇，剛好回來重拾拍電影的激情。

除夕看著眼前和別人談笑自若的祁謙，突然有了一種很陌生的感覺，分開十年，祁謙真的變了太多，比他中途醒來見到的那次還要多。

三木水的《毀滅地球》雖然是艾斯少將的番外篇，但故事一開始卻是從地球人主角吳一的曾爺爺——吳庭川的視角講述。

少年吳庭川因父親工作調動，從偏遠小鎮搬到了繁華的大都市S市，由於資金缺乏，吳庭川一家只能暫時借住在親戚家已經棄置多年的破舊弄堂裡。初來乍到的吳庭川沒先感受到大城市的燈紅酒綠，就先體會到了貧民窟的人情冷暖。他很不喜歡這裡，覺得自己不屬於這裡，他一直沒交到什麼朋友，直至他發現了住在對門的清冷少年，一個和他一樣與這裡格格不入的少年。

那個少年就是迫降地球、失去了能力，但被好心的孤寡老人收養的艾斯少將。黑髮黑眸的外表讓他很容易的就被當地人接受，並在這個地方扎根下來，只是他始終與旁人保持著一定距離。

吳庭川像是看到了同類，第一次萌生了想要與之結交的想法。

可惜艾斯不買帳，因為他堅信自己早晚有天會被父母找到，接他離開地球，回到母星；而在走之前，艾斯還要完成一個願望——毀滅地球。所以他不會與任何地球人有過多接觸，以免自己產生沒必要的感情，進而像文學作品裡其他的反派那樣最終放棄了毀滅地球的這個好想法。

吳庭川性格倔強，雖然屢遭這個少年拒絕，卻越挫越勇，非要和對方搭上話不可，並且在機緣巧合下得知了對方關於毀滅地球的想法。

於是，故事就從這裡開始了。

起初吳庭川在知道對方的想法之後，也跟弄堂裡其他的住戶和孩子一樣，覺得對方不太正常，生了遠離他的想法。但某一天，在吳庭川偶然遇到少年去掃自己病逝的奶奶的墓，看到了對方眼神裡的傷心時，他開始覺得對方或許並不是瘋子。

經過多方打聽後吳庭川得知，少年以前並不是這樣的，在他奶奶還活著的時候，他雖然不愛說話，卻是個懂禮的好孩子，總說著長大之後要孝順奶奶。直至老人被撞死，撞人的一方權大勢大，扔了一筆錢了事，艾斯狀告無門，這才性情大變。

吳庭川為少年惋惜，並覺得他不應該就這樣看著對方被這件事毀了。深感責任重大的吳庭川開始想著，也許這就是老天要他搬來這裡住的原因，治好對方的「瘋」病！而治好對方的辦法就是讓對方知道，儘管如此，世界依舊美麗。

簡單來說就是一個已經放棄治療的少年，和一個積極想要餵他藥、但其實自己本身也有點中二的少年之間的簡單故事。

為了合理避稅，獲得地方的返稅政策，《毀滅地球》的劇組也不可免俗的選擇了一處山清水秀，卻一直默默無名的地方當外景地，也就是後來劇情裡吳庭川會帶著艾斯去的他的老家青山鎮。不過在此之前，他們還需要把在影視基地裡的劇情全部拍攝完成。

由於內容太過跳躍，是十分考驗演員演技的。好比前不久他們還在拍吳庭川多方打聽艾斯的過去，今天要拍的已經是感情升溫的吳庭川和艾斯從青山鎮回來，艾斯卻接到了以前怎麼等也等不來的母星信號，他在猶豫該如何告訴吳庭川這件事情。

劇情裡，艾斯的家和吳庭川的家門對門，如果不關門，甚至能看到對方家裡的一隅。攝影師已經在前幾天拍好了飾演吳庭川的少年演員在家裡的活動，現在要拍的只有祁謙扮演的艾斯在這邊往對門看的場景。

對面什麼都沒有，祁謙必須要演得好像他真的看到了對面吳庭川的動作。從旁觀者的角度，也就是在除夕看來，這樣的拍攝是很有難度的，甚至略帶搞笑。

但祁謙卻演得很認真，讓人只看著他那雙眼睛，就好像已經能想像出一無所有的對面其實真的有人在活動，而那個人對於祁謙來說十分重要。

除夕為祁謙的表現在心裡暗暗讚嘆著，並趁祁謙休息的空檔問：「你是怎麼做到的？」

祁謙聳肩，一副沒什麼大不了的樣子說：「想像。」

「想像？」只憑藉想像真的就能演得那麼活靈活現？

「嗯，我一直把吳庭川想像成你。剛剛也是在想像如果你就住在我對面，住在吳庭川的家裡，你會在做什麼。很簡單。」

祁謙說完就接著去拍戲了，完全沒有想到他丟了怎樣一顆重磅炸彈給除夕。

除夕有點手足無措，有點紅臉，更擔心別人看出端倪，來來回回變了好幾種表情，才最終定格在蕩漾的笑臉上，完全遺忘了他前不久還在擔心自己和祁謙十年的差距。

不過很快的，除夕就不得不再次面對這個問題了。

那是在祁謙晚上收工之後，他們一起回家的路上，祁謙對除夕說：「抱歉啊，一直拖到現在也沒有跟你去拿裴安之的東西，本來我打算今天晚上收工後去的，但是又被別的事情拖住了，你介意嗎？」

除夕搖搖頭，「你做你的就好，那東西不著急，如果不出我的預料，我知道那東西是什麼，以及它發揮用途會是在爺爺葬禮之後的遺囑分配會上，現在還沒用。」

「哦。」祁謙點點頭，「那裴安之的葬禮什麼時候開始？」

「差不多一百天以後才會舉行下葬衣冠塚的儀式。二爺爺怎麼都無法接受我爺爺的死，會盡他所能的進行尋找，直至他白家那邊的哥哥姐姐看不下去，這才強行舉行了葬禮，好絕了二爺爺的心。這一世不出意外的話也會是這樣，所以不著急。」除夕貼心的為祁謙解釋，他並不想祁謙為難。

一百天也就是三個多月，祁謙很滿意這個速度，他的新電影到時候肯定拍完了，足夠他有時間陪著除夕處理他的事情。

「對了，你晚上有什麼事？」除夕其實想問的是：我能跟你一起嗎？

「福爾斯和蛋糕要來找我補課。」祁謙在簡單介紹了一下福爾斯和蛋糕之後，就打開了自己的新手機，把他們在微信群裡的對話拿給除夕看。

微群裡今天的第一條訊息來自福爾斯，特別簡潔的兩個字：「救命！」

「你最近有考試？」這是祁謙的回答。

「嗯，春假之前的噩夢，我就知道學校不懷好意！根本不打算讓人好好放假！」

C國的學生其實已經很幸福了，不只有寒暑假，還有短暫的春假，專門用於讓家長帶著孩子出去春遊野營，親近大自然，並且由教育部親自規定，不允許在春假期間留作業。

但你有張良計，他有過牆梯。教育部不讓學校留作業，學校為了學生的課業，只能從別的地方入手，好比用學習成績恐嚇家長和學生不得不在春假時多分一些心思在課業上，成績單會在放假之前準確無誤的送到每個家長手中，於是本來要出門玩，最終卻因成績單而改變了的人間慘劇時有發生。福爾斯是絕對不想那種事發生在自己身上的。

沒一會兒，蛋糕也跟著發來了同樣簡潔的兩個字：「救命！」

蛋糕比福爾斯小一年，一個高一，一個國三，作為面臨即將考高中的那個，蛋糕的壓力比福爾斯大。而在這十年裡，他們已經習慣了考試前來求祁謙輔導，順便求蹭好運的經歷。

「我馬上到家，你們過來吧。」

這是祁謙最後的話，後面基本上就是福爾斯和蛋糕的各種感謝了，除夕沒怎麼仔細看，他只是面對著祁謙的朋友們有點說不上來的微妙心理。曾經他是祁謙唯一的朋友，也是他唯一的親人，他們相依為命，只有彼此。現在，祁謙的生命裡出現了太多別的人，他們和祁謙發生了很多沒有他參與的事情，而那些人是那麼的喜歡祁謙、依賴祁謙，好像祁謙已經不再需要他了。

◎◆◎◆◎◆◎

福爾斯的家就在祁謙所住的社區，來去十分方便，不到十分鐘，騎著賽格威的福爾斯已經到了祁謙家的客廳。

祁謙和除夕一進門，就看到福爾斯和他的賽格威。

「你還嫌別人說你胖，嗯？」

賽格威是一種單人的代步平衡車，體積很小，能自由穿梭在大樓和房間裡。福爾斯自從十二歲生日得到這個東西之後，就很少再見到他徒步行走了。蛋糕甚至曾惡意揣測過福爾斯哪怕半夜起來上個廁所也會騎著它去。

這就直接導致了過去是個球體的福爾斯，很完美的在今天依舊保持著自己過去球體的體形，特別的始終如一。

「我又不是你這種大明星，身材什麼的不重要啦。我算是想明白了，大家為什麼想要好身材呢？為了吸引美人。而我爸媽都有名，我大哥也已經子承父業成了知名球星，我這輩子都不會缺錢，會有大把的妹子、漢子前仆後繼的來跪求交往，我又何必浪費時間在我本來就會擁有的事情上呢？」

福爾斯的性格也不知道是發生了什麼變異，對家人和朋友依舊是那個快樂的胖子，但在對待兩性關係上，卻走上了越來越偏激的道路——自從他父母離婚之後。

「如果妳敢用可憐我的眼神看我，少爺我就跟妳拚命。」福爾斯對正好剛剛進門的蛋糕如此說道。自他父母離婚之後，他最怕的就是見到別人一臉「我真為你遺憾」的表情，他受不了那個。

如今的徐森長樂已經長成一個亭亭玉立的美少女，正在ＬＶ市讀國三。小時候她哭著喊著要來ＬＶ市和祁謙一起上學，真轉學來了才知道她根本沒辦法和祁謙一起上學，等在私立學校裡的只有福爾斯那個快樂的胖子。

幸而福爾斯也很好，徐森長樂對這個朋友的接受程度頗高，就這樣高高興興的在ＬＶ市唸了下來，一路都有比她高一年級的福爾斯罩著。

三木水也因為拍戲而常駐ＬＶ市，全家唯一苦了的就是只能在ＬＶ市和Ｂ市兩頭疲於奔波的森淼。

「這個家到底是誰做主？！」森淼曾這樣爆發過。

三木水只涼涼瞄一眼：「我做主，有意見？」

森淼再次很狗腿的萎了，一臉諂媚的表示：「那是、那是，必須是老婆您做主，誰敢奪權我跟誰急。」

「出息。」三木水雖然嘴上這麼說著，但嘴角還是止不住的往上揚了一些。

祁謙身邊的人裡，感情最穩定的大概就是三木水和森淼這一對了，十年前如此，十年後依舊如此。老夫老夫的黏糊程度，讓蛋糕這個女兒總覺得自己像是他們世界裡的第三者。

「祁謙哥哥，你說人和人之間怎麼就不能有一點最基本的信任呢？」蛋糕一邊從書包裡拿出課本，一邊向祁謙抱怨道。

「怎麼了？」福爾斯和祁謙同時問道，還以為蛋糕受了什麼委屈。

「唸書就唸書唄，考什麼試啊！是信不過本小姐嗎？！」

「太對了！」福爾斯深有同感。

「考試內容很簡單。」祁謙實事求是。

「那是對於你。授人以魚，考人以漁，這是人幹的事？！考試是為了檢驗學生，而不是為了考倒學生！這些人怎麼就是不明白呢？！祁謙哥哥，你不是有同學在教育部工作嘛，求上達天聽啊！」

祁謙在天才班的同桌格格，被顧師言收了作乾孫女，長大後的她繼承了老爺子的衣缽，去了教育部工作，主要負責和薩門俱樂部的關係。

「我其實也覺得挺簡單的。」除夕終於找到了插話的機會。在祁避夏覺得除夕和祁謙中間插不進人的時候，除夕其實也有這樣的煩惱，祁謙的生活有太多他不知道的人和事，他好像已經融不進去了。

「你是？！」福爾斯和蛋糕一起驚呼，就好像他們進門這麼久卻從沒注意到祁謙身邊還多了個人似的。

《來自外星的我靠尾巴賣萌！》完

敬請期待更精采的《來自外星的我03》

格帝亞少女
響生X高杉
純血烙印
06
END
「神啊，我想要回家！」
別人回到過去當格格，她卻穿到未來變迷子！
全套六集

番外
小媽之第八號兒子
夢空——著
IKU——繪
啥時小媽收了第八個兒子？
還跟兒子一起離家出走？！
《小媽系列》番外特輯！！
收錄百季與上官傲之情史、
楚瑜的告白、蒼狼的溺愛，
以及小媽惡搞篇！
篇篇精采逗趣，絕對不要錯過囉！
正傳5集，全國各大書店、租書店、網路書店熱賣中！
小媽之冠蓋滿京華
典藏閣
華文聯合出版平台
www.book4u.com.tw
采舍國際
www.silkbook.com
不思議工作室
立即搜尋
版權所有© Copyright 2015

逃家少爺的Kiss契約
鬱兔×重花
當逃家少爺遇上不死身面癱男……
一場帥哥型男的冒險之旅激情展開！
格倫：「哎唷？我我我、我們接接接接吻了？！」Σ(⊙▽⊙"a
埃羅爾：「糟糕了……這可是誓約之吻呀！」\(`▽´)/
不思議工作室_
立即搜尋
華文聯合出版平台
www.book4u.com.tw
行銷總代理
采舍國際
www.silkbook.com
版權所有© Copyright 201

飛小說系列 169

來自外星的我 02

來自外星的我靠尾巴賣萌！

出版者■典藏閣
作　者■霧十　　繪　者■瑞讀
封面設計■Aloya　　企劃編輯■夏荷艾
總編輯■歐綾纖
製作團隊■不思議工作室

郵撥帳號■50017206 采舍國際有限公司（郵撥購買，請另付一成郵資）
台灣出版中心■新北市中和區中山路 2 段 366 巷 10 號 10 樓
電　話■(02) 2248-7896　　傳　真■(02) 2248-7758
物流中心■新北市中和區中山路 2 段 366 巷 10 號 3 樓
電　話■(02) 8245-8786　　傳　真■(02) 8245-8718
ISBN■978-986-271-796-7
出版日期■2017 年 11 月

全球華文國際市場總代理／采舍國際
地　址■新北市中和區中山路 2 段 366 巷 10 號 3 樓
電　話■(02) 8245-8786　　傳　真■(02) 8245-8718

新絲路網路書店
地　址■新北市中和區中山路 2 段 366 巷 10 號 10 樓
網　址■www.silkbook.com
電　話■(02) 8245-9896
傳　真■(02) 8245-8819

☞**您在什麼地方購買本書？**☜

1. 便利商店（______市／縣）：□7-11 □全家 □萊爾富 □其他____________

2. 網路書店：□新絲路 □博客來 □金石堂 □其他________

3. 書店（______市／縣）：□金石堂 □蛙蛙書店 □安利美特animate □其他____

姓名：________ 地址：______________________________

聯絡電話：________ 電子郵箱：__________________________

您的性別：□男 □女 您的生日：________年________月________日

（請務必填妥基本資料，以利贈品寄送）

您的職業：□上班族 □學生 □服務業 □軍警公教 □資訊業 □娛樂相關產業
□自由業 □其他__________

您的學歷：□高中（含高中以下） □專科、大學 □研究所以上

☞**購買前**☜

您從何處得知本書：□逛書店 □網路廣告（網站：__________） □親友介紹
（可複選） □出版書訊 □銷售人員推薦 □其他______________

本書吸引您的原因：□書名很好 □封面精美 □書腰文字 □封底文字 □欣賞作家
（可複選） □喜歡畫家 □價格合理 □題材有趣 □廣告印象深刻
□其他______________

☞**購買後**☜

您滿意的部份：□書名 □封面 □故事內容 □版面編排 □價格 □贈品
（可複選） □其他

不滿意的部份：□書名 □封面 □故事內容 □版面編排 □價格 □贈品
（可複選） □其他

您對本書以及典藏閣的建議______________________________

____

____

✌未來您是否願意收到相關書訊？□是 □否

✍**感謝您寶貴的意見**✍

印刷品

$3.5

請貼
3.5元
郵票

不思議信箱
FUSIGI POST

235 新北市中和區中山路二段366巷10號10樓

華文網出版集團　收

（典藏閣－不思議工作室）

來自外星的我 02 episode